I

«Adesso basta, sono stufa!»

«Stufa? Tu? Figurati io che sono dieci minuti che sopporto le tue lamentele.»

«Perché non mi lasci scelta, guarda che casino...»

Ok, lo ammetto: la mia stanza è sottosopra. Il letto è sfatto, il tappeto mezzo arrotolato, ci sono bottiglie d'acqua vuote pressoché in ogni angolo e libri aperti e accatastati sulla scrivania. Ieri anche Alissa, la mia migliore amica, entrando ha fatto una faccia schifata e facendo lo slalom tra scarpe e vestiti sembrava stesse camminando in una palude. Il fatto è che ci vuole un attimo per mettere in disordine: il difficile è tornare indietro. Anche se lo so che poi sarebbe molto meglio, visto che sono una persona precisa e mi piace che le cose siano al loro posto. Solo che a volte ho la testa per aria, sono di corsa, stanca o arrabbiata, e finisce che non ci faccio caso, che non riesco a mettere davvero in ordine. Né la stanza né i miei pensieri.

«Ti ho detto che sistemo.»

«Ma se è una settimana che te lo chiedo…»

«Ed è una settimana che ti ripeto che appena ho tempo lo faccio.»

«Certo, come no? Intanto spiegami cosa ci faceva *coso* per terra…»

«Innanzitutto non si chiama *coso* ma Spiderman» dico strappandoglielo di mano. «E poi può stare dove gli pare.»

Odio quando lo fa, quando prende le mie cose e le sposta. Quando entra in camera mia e fa come se fosse la sua. Quando prende, fa e disfa, e intanto continua a lamentarsi.

«E queste?» dice raccogliendo le foto sul comodino. Ce n'è un mucchietto sparso in attesa di finire in una cornice. Io da sola, insieme ad Alissa, al mare con i miei, allo stadio… E poi ci sono un paio di cuffiette srotolate che penzolano fino a terra e, a terra, un pacchetto di cracker aperto. «Sembra la camera di un vagabondo, non di una sedicenne.»

Appunto, ho sedici anni, non sono più una bambina. Eppure si ostina a dirmi: «Fai questo, fai quello, torna presto, sistema», lei che non riesce neppure a tenere in ordine la sua vita.

«Ma che vuoi? Chi ti ha chiesto niente? Non ti piace la mia camera? Allora esci, vattene.»

«Hai pure il coraggio di rispondere?! Ma come ti permetti? Passo tutto il giorno in ufficio e quando torno chiedo solo di non trovare la casa sommersa dalle tue cose, ti sembra tanto? Quand'è che comincerai a prenderti le tue responsabilità?» continua alzando la voce, che è una cosa che non sopporto, ma solo perché mi costringe a urlare più forte: «Basta, vai via!».

«Non parlarmi così!»

«Ti parlo come mi pare» rispondo, mentre sistemo Spiderman al suo posto, cioè sulla mensola insieme agli altri mille peluche.

«Si può sapere che succede?» La porta si apre di colpo, compare papà ancora bagnato. «Possibile che non possa farmi una doccia in santa pace?»

Per me è sempre stato l'uomo più speciale del mondo, il mio supereroe. Ero alta un metro e un puffo e guardandolo dal basso mi sembrava un gigante, una via di mezzo tra Hulk e Colosso degli X-Men. Ma ora che lo osservo con l'asciugamano intorno alla vita, con un filo di pancia e il petto un po' cascante, mi rendo conto che è cambiato. O che, forse, è sempre stato così ed ero io a essere di parte, essendone semplicemente innamorata. Eppure anche così resta il mio supereroe.

«Cos'hai da strillare?» chiede a mamma. «Ti si sente anche in bagno...»

«Non sono affari tuoi.»

«Invece sì! Ho passato tutto il giorno al lavoro e ora vorrei soltanto starmene un po' tranquillo, ma siccome non sembra possibile vorrei sapere qual è il motivo, cosa c'è che non va.»

«Rompe perché dice che la stanza è un casino» intervengo.

«Sul serio? Tutta questa caciara per due vestiti dimenticati sulla sedia e qualche pupazzetto per terra?» In realtà, i vestiti sono molti di più e sono sulla sedia ma anche sul tavolo, sul letto, sotto il letto, ammonticchiati ai suoi piedi, mentre i "pupazzetti", cioè la mia collezione di Power Rangers, Gormiti, Animal Gladiators... insomma tutti quei personaggi che colleziono da quando sono piccolina e, nonostante le preghiere di mamma, non butterò mai via, spuntano pressoché ovunque, ma, appunto, altrimenti papà non sarebbe il mio eroe. «Ma lasciala in pace, è una ragazzina, lascia che faccia quel che vuole.»

«Non dirmi cosa devo fare con lei.»

Papà sbuffa, poi scuote la testa: «Va bene, fai come vuoi, l'importante è che non mi rompiate le scatole».

Come "fai come vuoi"?

«Se devo venir qui per sentirvi strillare tanto vale che me ne resti a casa mia.»

Ma non mi stava difendendo?

«Ogni volta è la stessa storia, mi sembra di essere tornato indietro nel tempo.»

Dice sul serio?

«Ormai stare qui è diventata una tortura.»

E io che pensavo che gli facesse piacere, che fosse felice di trascorrere un po' di tempo con noi, almeno con me. Invece non gliene frega proprio niente. E più lo ascolto discutere con mamma più capisco che è così. E che al massimo sono il pretesto per litigare con lei, che di recente sembra la cosa che gli viene meglio. Vada al diavolo, mi dico. E senza neppure rendermene conto mi metto in mezzo, tra loro due. Non è da me, non l'ho mai fatto. Anzi, quand'ero piccola e loro discutevano mi chiudevo in camera, aprivo la finestra e sgattaiolavo fuori, acquattandomi proprio lì, su una specie di terrazzino, con la musica nelle orecchie. Era il mio rifugio, la mia tana. Davanti c'erano dei palazzi, accanto altri palazzi: non m'importava, sopra c'era il cielo di Roma, il più bello del mondo. E io stavo lì con le mie cuffiette a osservarlo, a guardare l'azzurro, a cercare le stelle. Ma stavolta non resisto. E anche se non gli arrivo al petto lo affronto a muso duro, scaricandogli addosso tutta la rabbia e la delusione che ho tenuto dentro per tanto, troppo tempo: «Sei un egoista, te la prendi con mamma ma non te ne frega niente di lei, di noi, neppure di me! La realtà è che pensi sempre e solo ai fatti tuoi e...»

Ed è in questo momento che lo fa, che mi mette una mano sulla spalla e mi spinge via. «Togliti tu, che non c'entri niente» dice, senza neppure guardarmi. E poi riprende a discutere come se niente fosse.

Resto lì, intontita.

Non mi ha fatto male. Non mi ha fatto paura. Mi ha solo deluso. Mi ha spinto via come se non contassi niente, se fossi un fastidio. E capisco che probabilmente è quello che rappresento da sedici anni a questa parte.

«Vattene da camera mia!» urlo.

Lui mi guarda stupito, come se non si fosse reso conto di quel che ha fatto.

«Via!» ripeto. «Non ti voglio più vedere!» E mentre lui resta lì con lo sguardo sorpreso e l'asciugamano intorno alla vita e mamma osserva la scena impietrita lo anticipo: esco dalla camera, mi infilo il bomber nero, prendo chiavi, cuffiette e telefono e mi sbatto la porta di casa alle spalle.

Quando succedono queste cose, quando sono arrabbiata e con la testa e il cuore non sto a posto ho bisogno di uscire, di staccare, di farmi una specie di reset. E mentre scendo di corsa le scale alzo al massimo il volume nelle cuffie per non sentire le voci di mamma e papà da dietro la porta, per dimenticarmi di loro.

È domenica sera, è piovuto tutto il pomeriggio e sui marciapiedi ci sono pozzanghere e qualche sacco della spazzatura. Per strada non incrocio nessuno, e anche se fosse non lo vedrei. Cammino con gli occhi bassi fino all'angolo della via, finché mi infilo allo Zero56.

Fino a qualche anno fa era il classico bar di quartiere. Piccolo, con le tovaglie di plastica sui tavolini zoppi, il poster di Bruno Conti alla parete e un bancone di alluminio opaco, vecchio e consumato come la maggior parte dei suoi clienti abituali. Poi l'hanno rinnovato, al posto di quelli di plastica hanno messo tavoli e sedie in legno colorato e invece dei poster e delle cartoline ingiallite ci sono pareti bianche e nere decorate con quadri moderni e lucine colorate.

I proprietari sono gli stessi e mi conoscono da una vita, perciò non ho neppure bisogno di ordinare: saluto, mi metto a un tavolino e mi portano il solito succo. Intanto, mentre do un occhio al telefono, mamma continua a scrivermi preoccupata: *Non prendertela*, *torna*, *ti aspetto*…

Alla fine mi decido e mentre dei grandi nuvoloni si addensano nel cielo di Roma mi dirigo verso casa. E incrocio papà, che sta andando nella direzione opposta, alla fermata del bus che sta proprio davanti al baretto. Passiamo uno accanto all'altro, ci sfioriamo leggermente ma non parliamo, non ci guardiamo neppure, ognuno prosegue a testa bassa per la sua strada.

2

Dicono che una persona sia come un puzzle, che è la somma di tante parti ed è in base a come le unisce che diventa quello che è. Che è il modo in cui lo facciamo, in cui leghiamo emozioni, pensieri, sogni e delusioni, in cui mettiamo insieme i pianti e le volte che abbiamo riso fino alle lacrime che ci rende unici, speciali.

Ovviamente le parti non sono tutte uguali. Alcune contano poco, quasi niente, un po' come le tesserine che stanno sui bordi del puzzle, quelle che se anche non ci sono non cambia niente. Poi ci sono quelle importanti, le parti che fanno la differenza, senza le quali non saresti te stessa. Togli la voce a Ozuna: cosa resta? E cosa rimane di Tina Cipollari senza il trono di *Uomini e Donne*?

Lo stesso vale per me con la danza. Che è parte di me sin da quando ero bambina e rappresenta tanto, quasi tutto; soprattutto è una cosa soltanto mia, che nessuno mi ha imposto o ha scelto per me, tanto più che mamma Lea, nonostante mi abbia costretto a infinite maratone di *Ballando con le stelle*, è negata mentre papà, che fa l'interessato e si atteggia da critico, sparando opinioni e giudizi senza senso ogni volta che viene fuori l'argomento, è venuto solo a un mio saggio, quand'ero piccolina, e ha dormito, russando, per tutto il tempo. Non è neppure una cosa che facevo con le mie compagne di classe, il classico doposcuola al quale non puoi sottrarti. Né una cosa tra migliori amiche, anche perché Alissa è una specie di sirena che passa più tempo in acqua che fuori, e ora che fa sul serio e si sta allenando per i mondiali juniores ci sta proprio dedicando la vita, tipo che ogni giorno va in piscina a fare avanti e indietro nella vasca per non so quante volte, con gli occhi fissi sul fondo e l'odore di cloro che le rimane addosso anche quando usciamo.

Mamma racconta che ho cominciato a ballare ancor prima di aver imparato a camminare. Non appena metteva su una canzone automaticamente io alzavo le mani, ruotavo su me stessa o mi dondolavo sulle gambe, prima di perdere l'equilibrio e trovarmi con il sedere per terra. Se in tv c'era una video musicale o una pubblicità... uguale. E così quando entravamo in un negozio con la musica diffusa o se partiva la suoneria di un cellulare... era automatico, una specie di istinto che non potevo controllare, come le volte che vedo una fetta di torta al cioccolato bianco e mi vien subito fame.

È stato più tardi che c'è stato lo *switch*, che ho scoperto che ballare mi piaceva, che non solo mi veniva spontaneo, ma mi faceva stare bene e mi permetteva di sfogarmi, di buttar fuori il casino che avevo dentro. Non ricordo esattamente quando, ma a un certo punto la danza non era più soltanto dondolare sulle gambe ascoltando una musica casuale, ma scegliere una canzone, magari qualcosa di molto ritmato, alzare il volume, chiudere gli occhi e lasciarmi andare. E ancora adesso, nonostante i corsi e la tecnica che ho allenato, danzare rimane questo, il mio sfogo, il mio modo per sentirmi viva. Quando ballo non penso a niente, mi scordo ogni cosa. È l'unico momento in cui stacco per davvero, come se premendo il tasto Play della canzone premessi Off sul mondo intero e mettessi la mente in stand-by, finalmente a riposo.

Non so neppure quant'è passato da quando ho cominciato. So che oggi sono uscita da scuola e sono venuta direttamente in palestra, e che da allora non mi sono praticamente fermata. La cosa che mi piace di più è che a quest'ora non c'è quasi mai nessuno. Cioè arrivo, saluto Elena alla reception, mi cambio e mi chiudo in una delle salette libere, una stanza con il parquet, le pareti grigie con delle sagome di ballerini disegnate, e un grande specchio sulla parete. Dopodiché lascio la borsa in un angolo, collego il telefono alle casse e comincio. Mi prende completamente, è come se entrassi in un'altra dimensione. E solo ora che mi vedo riflessa nello specchio, che vedo la larga canotta che mi scivola sopra la fascia nera fracica di sudore e i capelli raccolti in quel che resta di un cipollino, capisco che sono qui da parecchio. Eppure non sento la fatica, e una volta ripreso fiato penso solo a ricominciare.

She's a Bitch di Missy Elliott è la canzone perfetta per la coreografia che sto preparando. Mi piace il testo, il ritmo, il *mood*, la melodia, mi piace come posso danzarci sopra. È dura, morbida e ritmata allo stesso tempo, l'ideale per costruirci coreografie piene di stili differenti, breakdance, looking, uprock, house e afro. Parte forte e poi…

Silenzio, di colpo.

E poi parte la suoneria del telefono, che è collegato alle casse.

Per un attimo mi illudo che smetta, che chiunque sia rinunci e mi lasci in pace. Ma ovviamente non succede, così lo scollego pensando: chi cavolo rompe?

Nooo! Mi sono completamente scordata!

Il primo pensiero è: fai finta di niente. Abbassa la suoneria, rimetti giù il telefono e riprendi a ballare. Ma conosco Manuel, so che non funzionerebbe, che richiamerebbe fin quando cedo, così decido di rispondere: «Sì, certo! Sto arrivando, ci sono quasi… Ho il fiatone perché sto correndo, sì sì, aspettatemi…».

Da quel momento la danza diventa corsa.

Prima dalla palestra a casa, che non sarebbe lontana, dieci minuti a piedi, meno della metà di corsa, se non fosse che da quando Trastevere è diventata il centro della movida romana è una corsa a ostacoli tra hipster, studenti, ambulanti, artisti di strada e turisti che nonostante il freddo affollano i marciapiedi manco fossero a Campo de' Fiori.

Poi sulla rampa di scale, con la borsa a tracolla che a ogni passo rischia di agganciarsi al corrimano, infine dall'ingresso alla mia stanza.

Giusto il tempo di gettare a terra il borsone e mi butto nella doccia: acqua gelata, shampoo, risciacquo e via. Poi mi asciugo e mi rivesto: croptop, felpa

Nike, jeans skinny, Air Force 1 bianche e nere, e sono pronta.

«Denise?»

Non rispondo, ho troppa fretta.

«Denise!»

«Mamma.»

Eccola che viene verso di me.

Come sempre indossa una blusa abbinata al colore delle scarpe. Come sempre Chopard, il suo profumo preferito, la precede. La sola cosa che non torna è che è a casa. Cioè, fino a pochi giorni fa, a quest'ora, sarebbe stata di sicuro in ufficio, alle prese con una delle sue amate ricerche di mercato. Perché lei è così, sempre attiva, sempre al lavoro, e il suo motto è «meglio stare tutto il giorno in ufficio piuttosto che passare un'ora sul divano». Invece da quando ha – cioè ho – litigato con papà le è venuta 'sta cosa che deve essere presente, farmi sentire che c'è, che posso contare su di lei e tutte queste cose di cui ora non ho proprio bisogno.

«Stai uscendo?» domanda, sfilando con nonchalance tra me e la porta.

«Sì.»

«Con chi?»

«Secondo te?»

«Sicura di non voler restare? Stavo pensando di cucinare il pollo al curry…»

«La prossima volta, mamma.»

«Va bene…» dice mentre due grandi orecchini argentati, abbinati a collana e anelli vari, brillano tra i suoi capelli rosso fuoco. «Comunque… va tutto bene?»

«Sì.»

«Sicura?»

«Sì sì, ma adesso devo proprio andare» taglio corto, scostandola e conquistando la maniglia.

«Stavo pensando che il prossimo weekend potremmo…»

«Ciaooo.»

Poi ci sono il portone, la strada, il vento, le pozze, i lampioni, le cuffie, *Bella e rovinata* di Irama. E il tramonto su Roma.

3

Francesco, detto Checco, ha passato gli ultimi anni della sua vita a prendersi e lasciarsi con la fidanzata. Ora che hanno definitivamente rotto, la sua attività preferita è la palestra, ci va ogni giorno ed essendosi riempito la casa di stecche e attrezzi anche lì non fa che allenarsi. E poi si è appassionato al parkour, quello sport stranissimo che consiste nel fare acrobazie, arrampicarsi, rimbalzare e saltare da un muro all'altro, e quando siamo in giro si mette ogni due minuti in verticale e inizia a camminare sulle mani, così, giusto per fare scena.

Federico, che tutti chiamano Chicco, è il migliore amico di Francesco, ma a differenza sua non si è mai fidanzato. In compenso ha un rapporto morboso con la PlayStation e i personaggi degli *anime*, i cartoni giapponesi come *Dragon Ball*, per cui ha un'autentica venerazione, tanto che da quando è uscito il videogioco Checco deve passare a recuperarlo a casa e trascinarlo fuori di peso perché se ne starebbe tutto il giorno appiccicato allo schermo.

Oltre a essere malato della Roma, Marco è fissato con il calcio in generale, che pratica da quando è bambino a dire il vero senza troppo successo: lui ci crede, pensa di essere il nuovo Totti, ma in realtà non ha molto talento. Però continua ad allenarsi imperterrito, sicuro che prima o poi verrà il suo momento.

Infine c'è Manuel: essendo il figlio di un'amica di mia madre, ci conosciamo da una vita, praticamente siamo cresciuti insieme e per me è una sorta di fratello. È il classico bello che sa di esserlo, che si diverte a fare il figo, ma ha un cuore grande così e farebbe di tutto per gli amici, tipo che non c'è stata volta in cui stavo male e non era al mio fianco. Gli piacciono da morire i combattimenti e sogna di diventare un pugile di successo come Conor McGregor, di cui è così patito che quando c'è stato il famoso combattimento con Mayweather non è uscito di casa per giorni per l'ansia.

Ecco, loro sono i Fantastici 5, cioè i Fantastici 4 più 1: sono io che li completo. Sono i miei amici del cuore, la mia seconda famiglia, forse la prima. Ci conosciamo da tanti anni, con Manuel da sempre, con gli altri dalle medie, e benché alle superiori abbiamo preso strade differenti continuiamo a condividere… tutto, a partire dal "Muretto", che poi è dove mi stanno aspettando.

Posizionato sul Gianicolo è la nostra base, il Muretto, il nostro quartier generale. In realtà non è che un muro di cemento alto circa un metro, pieno di scritte e graffiti in una piazzetta vicino alla nostra vecchia scuola. Abbiamo cominciato a ritrovarci lì per caso, o meglio per comodità dato che è a metà strada per tutti, e da allora non l'abbiamo più lasciato. Non che sia un posto particolare, cioè non in sé: in mezzo alla piazzetta c'è una pista di pattinaggio dove non abbiamo mai visto pattinare nessuno e in questi giorni è tappezzata di foglie cadute, ci sono un paio di panchine, di cui una mezza divelta da che ho memoria, e una fontanella di marmo bianco, mentre sul fronte opposto ci sono un paio di baretti, un negozio di vernici e una lavanderia a gettoni. Semmai la cosa speciale è ciò che si vede alle spalle: non tutta Roma ma quasi. Basta alzarsi sul muro e ai tuoi piedi ci sono il Cupolone, il Vittoriano, Villa Borghese… A volte stiamo lì e non parliamo neppure: lasciamo che sia Roma a farlo.

Alissa e altri amici non ci vengono mai e, se succede, lo fanno controvoglia: «Ancora lì? A far cosa?!». Per noi Fantastici è diverso, non conta cosa facciamo: l'importante è che ci sia un posto tutto per noi, che in questi anni ha fatto da sfondo alla nostra amicizia e a furia di frequentarlo abbiamo reso nostro. Qui Manuel e io ci venivamo accompagnati dalle nostre madri quando non sapevamo contare ancora fino a dieci, Checco ha festeggiato il primo bacio con la sua ex e ha pianto la prima volta che si sono lasciati, Chicco ha nascosto da qualche parte il numero 1 originale di *Dragon Ball*, un po' come facevano i pirati con i loro forzieri, e Marco passa le ore a (tentare di) palleggiare e a scattarsi selfie facendo le pose da figo. Qui sai che se piove, se nevica o si schiatta di caldo noi ci siamo. Che questo posto ci accoglie un po' come quel vecchio golf che non usi quasi mai ma ogni volta che lo indossi ti calza alla perfezione, dandoti quel calore di cui hai bisogno.

E ora sono lì, schierati uno accanto all'altro. E mentre mi avvicino non so se essere più contenta o preoccupata. Contenta perché ci sono, perché è vero che sono abituati ai miei ritardi ma per un attimo ho temuto che stavolta si sarebbero rotti e se ne sarebbero andati senza di me. Preoccupata perché lo vedo da lontano che sono agitati, con Marco, l'unico in piedi, che cammina avanti e indietro ed è sicuramente il più arrabbiato. Perché è da giorni che parla di stasera ed è stato lui a occuparsi di tutto, dal trovare i biglietti al farsi la coda e anticipare i soldi, poi perché per lui la Magica è una fede che si tramanda di padre in figlio e l'idea di perdersela è un'autentica eresia.

«Finalmente!»

«Sei in ritardo di venti minuti.»

«Ti sei dimenticata che giorno è oggi?»

«No, no, scusate, stavo facendo le prove e non ho fatto caso all'ora…»

«Prove? Per cosa?» Chicco è fatto così: non ricorda niente. Non è che non gliene freghi, non è neppure distratto: è proprio che gli dici una cosa e gli passa di mente. È come un pesce rosso. Come il protagonista del film *Memento*. O semplicemente come uno che ha giocato un po' troppo alla Play…

«L'Hip Hop International di Milano» dice Checco, che è un po' la sua coscienza. «Lo sai che Denise non pensa ad altro e…»

«Scusate…» interviene Marco, con il cappellino giallorosso che gli copre occhi. «Non possiamo parlarne mentre ci muoviamo?»

«Giusto» risponde Manuel saltando giù dal muretto. «Andiamo.»

La A.S. Roma per noi è una religione. Cioè, siamo proprio degli estremisti. Tipo che sappiamo a memoria tutte le formazioni dall'anno della nostra nascita e quando andiamo allo stadio siamo i primi a lanciare i cori, anche se poi non è che ci vengano dietro in molti.

Ce ne siamo innamorati alle medie, che poi è quando abbiamo cominciato a frequentare l'Olimpico, sempre accompagnati dal padre di uno di noi, a rotazione. Entravamo nella pancia dello stadio mentre i cori della Sud e l'odore dei fumogeni riempivano l'aria e prendevamo posto. Il genitore di turno e noi cinque, rigorosamente vestiti per l'occasione, io con maglia di De Rossi, Marco di Totti e gli altri a seconda dell'idolo della stagione. Poi, una volta che siamo cresciuti, abbiamo cominciato ad andarci da soli o a trovarci a casa di Marco, dove il padre ha allestito una via di mezzo tra maxi-schermo e tempio giallorosso, quando giochiamo in trasferta.

Il problema è che arrivare allo stadio da Trastevere è come attraversare l'oceano in un giorno di tempesta, tipo che sai quando parti ma non quando (e se) arrivi. Stranamente il bus sul quale saliamo è mezzo vuoto e troviamo posto in fondo, dove in genere si mettono i casinisti. Ma non è il nostro caso, non oggi, almeno:

Marco è troppo teso e come sempre prima di una partita importante non fa che mangiarsi le unghie, Checco è impegnato a scegliere la foto da postare mentre Chicco sta giocando sul telefonino e il massimo che fa è annuire distrattamente.

«Allora» mi chiede Manuel, che è seduto al mio fianco «come vanno le prove?»

Lui è così, per questo lo adoro. È sempre attento, fa caso a tutto e se sa che tieni a qualcosa è il primo a sostenerti. Insieme ad Alissa è l'unico a sapere quanto l'Hip Hop International sia importante per me. Perché tutti abbiamo un sogno e il mio è partecipare ai mondiali di hip hop di Los Angeles e la vittoria alla gara di Milano è il lasciapassare per andarci, e per farlo sono disposta a tutto.

Il problema è che negli ultimi giorni non sono concentrata sulla coreografia che io e la mia crew stiamo preparando, ma ballo per sfogarmi, ballo per stancarmi, ballo perché ho bisogno di tirar fuori tutta la rabbia e la malinconia che il litigio con papà mi hanno lasciato. Non è la prima volta che capita, che discutiamo, ma è la prima che lo facciamo in modo così duro, che lo caccio fuori dalla mia vita.

Solo che in questo momento, con lo stadio che si avvicina, non mi va di parlarne. Anzi: il bello di quando sono con i Fantastici è proprio che mi portano lontano dai pensieri, che anche se magari non lo sanno o non lo fanno consapevolmente mi aiutano a staccare. A essere comunque felice.

E poi... «Avanti, muoviamoci» ci interrompe Marco, che come ogni volta ci costringe a scendere un paio di fermate prima del capolinea perché qui il bus procede a passo d'oca e a piedi siamo comunque più veloci, e poi perché: «L'avvicinamento allo stadio è come il riscaldamento dei giocatori: fondamentale» ripete convinto ogni volta.

Non so se sia davvero così, ma di sicuro è divertente camminare insieme agli altri tifosi, cantare con loro, indossare i nostri colori, le nostre maglie, i cappellini e...

«Merda!» mi scappa. «Mi sono scordata la sciarpa.»

«Cosa?» Marco sbianca.

«Ero di corsa e...»

«Vabbè» interviene Manuel, «per stavolta faremo senza.»

«Stai scherzando?» domanda Marco serissimo. Il fatto è che quella sciarpa ce l'ho da sempre e lui è convinto sia un portafortuna, cioè ne è proprio ossessionato, anche perché fa parte di quella categoria di tifosi che vivono di scaramanzia, tipo che vorrebbe ci sedessimo sempre allo stesso posto, indossassimo sempre gli stessi vestiti e via dicendo.

«Ma sì, dai, al massimo ne prendiamo una al baracchino» rilancia Checco, facendo per muoversi. E noi lo seguiamo, e per noi intendo Manuel, Chicco e io. Perché invece Marco… immobile. Presente quando i cani si impuntano in mezzo alla strada e non vogliono saperne di muoversi? Che tiri e tiri il guinzaglio ma non fanno un passo? Ecco: un sasso.

«Avanti, non vorrai mica perderti l'inizio?»

Marco vacilla, si vede chiaramente che nella sua testa è in corso una battaglia più sentita di un derby, su un fronte la cabala, sull'altro la partita. E alla fine, rassegnato, ci viene dietro.

4

La danza, lo stadio, gli amici. E poi il dovere: la scuola.

Non ho problemi ad andarci, anche perché in fondo l'ho scelto io di fare il linguistico. Ed è una scelta che rifarei, soprattutto perché mi permette di studiare lo spagnolo, che è di gran lunga la mia lingua preferita dai tempi delle medie, precisamente da quando ho scoperto Ozuna, che è portoricano.

La curiosità di capire quelle canzoni che mi piacevano tanto e di conoscere le parole per poterle cantare correttamente mi ha spinto a studiare i testi e, poco alla volta, ad appassionarmi al punto che ormai vedo anche le serie in spagnolo e un giorno, chissà, mi piacerebbe trasferirmi a studiare in Spagna o in America Latina.

Ok, non ci vado matta e non sono una secchiona, ma neppure una di quelle che la schifa, che fa di tutto per boicottarla: devo andare a scuola? ci vado. E già che devo, lo faccio al meglio, o almeno cerco di fare il meglio senza spaccarmi la testa. Diciamo che con il mio 7,5 di media mi garantisco una posizione tranquilla, non tra i primi ma neppure tra gli ultimi, un po' come la Roma fino a questo punto della stagione.

La cosa che mi piace sicuramente di più della mia scuola è… che è la stessa dei miei migliori amici: Manuel, che è al mio anno ma in un'altra sezione, e Alissa, che non solo è mia compagna di classe, ma anche di banco. Questo non significa però che stiamo appiccicate tutto il giorno, anzi! Non siamo quel tipo di amiche, non ne abbiamo bisogno. Non abbiamo bisogno di mandarci trecentomila cuori su Instagram per mostrare che ci vogliamo bene o di stare ventiquattr'ore incollate per dimostrare che ci siamo una per l'altra: lo sappiamo e basta, e tutte le volte che ci siamo aiutate e supportate a vicenda stanno lì a dimostrarlo. E poi io non ho nessun problema a fare amicizia, mi piace stare in mezzo alla gente. Fermo restando che gli amici-amici, quelli con la A maiuscola, sono un'altra cosa. Sono Alissa e Manuel, per l'appunto.

In genere all'intervallo ci troviamo al baretto al piano terra. Le due signore che ci lavorano da ormai trent'anni sfornano cornetti caldi ogni mattina e per pranzo ci fanno trovare il bancone pieno di panini di ogni tipo e, nonostante siano prese d'assalto da branchi di ragazzini famelici, ci servono sempre con un sorriso dolce, da mamme.

Poi, quando il tempo ce lo permette, cioè pressoché sempre in questo strano e caldo inverno, restiamo a chiacchierare qualche minuto davanti a scuola. Di fronte all'ingresso c'è un piccolo slargo che sembra fatto apposta. Noi ci mettiamo lì, con gli zaini a terra, e parliamo di tutto: hai sentito il nuovo di Capo Plaza? Hai visto che figo è diventato Edoardo? Hai saputo che il professor Garaffoni si è proposto di portarci in gita?

Non siamo gli unici. Anzi, lo spiazzo è diviso per zone in base all'età, ai gusti e ai modi di fare. Ci sono quelli del primo anno, intimiditi, che se non si smaterializzano al *driiin* della campanella rimangono comunque in disparte, quasi nascosti, come se avessero paura di essere notati. Ci sono i pariolini, che sembrano usciti dalla vetrina di un negozio di via dei Condotti e a volte avresti solo voglia di prenderli alle spalle e spettinarli, abbassargli il colletto della polo e srotolargli i risvoltini dei pantaloni. E poi ci sono i coatti, quasi sempre di quinta, che se ne stanno lì con la musica a palla a fumare e smanettare sugli scooter. Infine ci siamo noi, tre anime libere che non apparteniamo a nessun gruppo, che salutiamo qua e là e siamo pieni di amici e conoscenti ma appena possiamo ce ne stiamo per i fatti nostri a parlare, ridere e cantare a bassa voce le canzoni messe dai coatti.

«Si può sapere cos'hai in questo periodo?» mi chiede Manuel a bruciapelo, mentre si passa una mano tra i capelli, tutto impostato come se le ragazze della scuola non avessero occhi che per lui.

«In che senso?»

«Ti scrivo e non rispondi, ti chiamo e non rispondi, per poco la settimana scorsa non ci facevi perdere la partita e non parliamo del fatto che ieri ci hai *accannato* per la cena...»

«Ma non potevo, ti ho detto che...»

«Ascolta, Denise, magari agli altri può sfuggire, ma io ti conosco troppo bene.»

«*Noi* ti conosciamo troppo bene» sottolinea Alissa.

«Sul serio» continua Manuel, «c'è qualcosa che non va?»

«No, no, nulla... è solo un periodo così, niente di grave. I miei hanno discusso un'altra volta, poi sono in ansia per la gara, ma, davvero, è tutto sotto controllo, ho soltanto la testa altrove.»

«Sarà...» commenta poco convinto. «Addio, bellezza!» aggiunge salutando, lui che come al solito non ha lo zaino, dato che si fa sempre prestare fogli e penne in classe e non porta i libri nemmeno se lo paghi.

«Vabbè» fa Alissa mentre lo spiazzo davanti a scuola si è ormai svuotato di bici e motorini, «andiamo anche noi?»

«Di già?» domando delusa.

Il fatto è che in questo periodo non ho proprio voglia di stare a casa. È come se l'ingresso fosse una porta girevole: entro e ho già bisogno di uscire.

«Picky, ieri ho fatto allenamento doppio perché oggi la piscina è chiusa per lavori, siamo reduci dalle cinque ore più lunghe e noiose della mia vita e, soprattutto, sto morendo di fame...»

«Be', allora ho un'idea, Shaky!»

Picky, Shaky: io e Alissa ci chiamiamo così da quando abbiamo sentito due canzoni molto simili che nel ritornello ripetevano all'infinito «Picky Picky» e «Shaky Shaky», ce ne siamo innamorate e non abbiamo fatto che cantarle per tipo tre mesi, finendo per trasformare quelle due parole nei nostri soprannomi.

«Oddio, conosco quello sguardo...»

«Andiamo da Mc!»

Lo ammetto: ho un debole per McDonald's. Non per un panino in particolare: mi piace tutto. Gli hamburger, le patatine, i Chicken McNuggets, il cappellino di chi ci lavora, l'asciugatore elettrico dei bagni e persino l'odore di fritto che si respira appena entrati. Cioè, fosse per me non è che ci andrei ogni giorno: ci vivrei proprio.

«Lo sai che mi sto allenando...»

«Cosa vuoi che sia un Crispy...»

Il problema di Alissa è che è peggio di me: lei al Mc perde ogni ritegno. Succedeva quando eravamo piccoline ma con il tempo è peggiorata, roba da mettere in imbarazzo anche l'adolescente maschio medio, persino quello affamato. Non so chi è peggio tra le due ma devo dire che ce la giochiamo alla grande

«No, davvero, non se ne parla.»

«Non se ne parla», ripete mentre cosparge le patatine di ketchup e maionese, quell'intruglio schifoso che chiama "salsa rosa" e per cui va matta, al punto che toglie la salsa base dal panino per metterci questa sua creazione.

«Avanti, provaci, assaggiane una senza» la provoco, seduta di fronte a lei nel Mc vicino a scuola. «Secondo me sono talmente tanti anni che le mangi così che hai dimenticato il vero sapore delle patatine...»

«Ma tu cosa ne sai?» dice infilandosene una in bocca con la stessa espressione con cui un gourmet mangerebbe tartufo o caviale.

«Lo so perché sei la mia migliore amica e so tutto di te.»

Per un attimo smette di masticare. Mi guarda, corruga le sopracciglia. Poi, mentre un inserviente si affretta ad asciugare con il mocho la Coca che un bambino ha rovesciato, recupera il bicchiere, dà un sorso e mi guarda di nuovo: «A proposito... c'è qualcosa che mi sfugge».

Mi ha sgamata, lo sento. Non dico niente e continuo a mangiare sperando non insista, ma già so che tanto lo farà.

«Sul serio, che ti prende? Manuel ha ragione, in questi giorni sei strana, sembra che tu sia sempre da un'altra parte.»

«Ve l'ho detto, è un periodo complicato...»

Non sono una che parla facilmente di 'ste cose, neppure con gli amici. Non mi va di buttargli addosso la mia tristezza, di scaricare un peso su di loro. Nonostante tutto resto una ragazza positiva, solare: sono arrabbiata con la vita? Forse. Di sicuro non lo faccio vedere. Magari quando sono sola urlo e mi sfogo, ma quando sono in giro con gli amici voglio solo sorridere, essere felice.

«Sì, ma io ti conosco da quando siamo bambine e

sento che c'è qualcosa di più che la preoccupazione per la gara o la discussione tra i tuoi.»

«Invece è così, solo che...»

Mi fermo. Ma lo sguardo di Alissa è un invito a proseguire. Sospiro: «Solo che la discussione tra i miei non è finita lì, cioè stavolta mi sono messa in mezzo e ho litigato con mio padre. Di brutto».

Alissa conosce la situazione. Sa che i miei si sono separati sei anni fa, quando io ne avevo appena dieci, e che però sono stati bravi a gestirla, 'sta cosa, che almeno davanti ai miei occhi si sono sforzati di salvare il salvabile. E infatti sarà che ero piccola, ma al tempo non ho sofferto troppo. E non ho sofferto neanche dopo, anche perché in qualche modo hanno continuato a vedersi, abbiamo continuato a vederci. Quasi ogni weekend mio papà viene a trovarci e siccome si è trasferito fuori Roma è ospite nostro, sul nostro divano. In realtà non so se a mamma faccia piacere, anzi visto com'è stato l'ultimo periodo direi proprio di no, ma a me di sicuro sì. In tutti questi anni è come se in qualche modo non se ne fosse andato. Sapere che dopo pochi giorni l'avrei rivisto rendeva l'assenza tollerabile. Mi sentivo come Hiro di *Big Hero 6*, sentivo che lui ci sarebbe stato, che come Baymax sarebbe sempre stato pronto a proteggermi.

Le racconto dell'ultimo litigio. Di come si è comportato. Di ciò che ha detto. Del male che mi ha fatto sentire che per lui vederci, vedermi, è un dovere o peggio un fastidio. E le racconto di come ho reagito. Del fatto che gli ho urlato contro e l'ho cacciato dalla mia camera, e da allora non l'ho più visto né sentito.

«La cosa peggiore è che so di aver fatto la cosa giusta, che se lo merita. E sinceramente se lo vedessi ora non so neppure come reagirei. Però...» prendo fiato, cercando di controllare le lacrime. «Però mi manca, cazzo, è come se da un giorno all'altro fosse scomparso, e non sono abituata alla sua assenza totale.»

Alissa ascolta attenta, mentre una ciocca di capelli le cade sui suoi occhi marroni come il Tevere e le viene quella fossetta tra le sopracciglia di quando è concentrata. Sul polso il suo piccolo delfino tatuato.

«Ehi, ascolta, stavolta sono io ad avere un'idea...»

«Cosa?» chiedo colta di sorpresa.

«Ti ricordi la bancarella sotto casa mia?»

«Che domande, c'è ancora? È una vita che non ci faccio caso.»

«Certo che c'è e le vende ancora...»

«Non me lo dire.»

«Invece sì!»

«E come fa con l'allenamento, *signorina*?» Un altro modo di chiamarci quando vogliamo scherzare e prenderci in giro: "signorina", che sceme...

«Tu pensi che dopo essermi sfondata al Mc, due caramelle cambino qualcosa? E poi voglio batterti, signorina. Oggi me lo sento che vincerò.»

«Non hai mai vinto, Shaky...»

«Be', scommettiamo?» replica divertita. E senza quasi avere il tempo di rispondere ci ritroviamo con due buste piene di caramelle gommose, ciucci, fragole, cocacole... da mandar giù nel minor tempo possibile. È una nostra tradizione, il nostro modo per sentirci meglio quando siamo tristi. Una cosa stupida. Che ci fa bene. Anche perché alla fine meglio avere mal di pancia che mal di testa a furia di pensare.

5

Non è colpa sua, non del tutto almeno. Ho sedici anni e ormai mi conosco, so che di certo ci metto del mio. Tuttavia, al di là delle responsabilità, di chi sia più o meno colpevole, resta il fatto che in questo periodo non riesco proprio a stare a casa con mamma. E più passano i giorni dal litigio con papà più faccio fatica. Per quanto fosse strana e durasse uno o due giorni soli a settimana, la sua presenza riempiva la casa e soprattutto la mia vita. La sua voce che rimbalzava da una stanza all'altra, il suo corpaccione che sbucava quando meno te lo aspettavi… Averlo vicino anche solo ogni tanto era comunque un piccolo paradiso. Mentre ora la casa sembra vuota, una specie di scatola in cui riecheggiano solo i miei pensieri e le mie emozioni.

Finita la scuola, se non vado in palestra a provare e non esco con i Fantastici, apro la porta di casa ed evito di entrare in salone – che in genere è la mia camera preferita, vuoi perché ho costretto mamma ad arredarlo con i miei colori preferiti, bianco, grigio e nero, vuoi per il divanone in pelle con tanto di poggiapiedi e schienale reclinabile sul quale mi spalmo a guardare serie per ore e ore ingozzandomi di popcorn e schifezze varie – e mi infilo direttamente in stanza.

Alla fine, per evitare discussioni e aggiungere problemi ad altri problemi, l'ho sistemata. A parte Macchia e Mirtillo, i due orsacchiotti giganti che Manuel mi ha regalato per un compleanno e devo per forza lasciare sul lettone, ho raccolto tutti i pupazzi e li ho disposti sulle mensole, che però ora sono sul punto di esplodere, così affollate che sembrano la Tiburtina all'ora di punta. Il Gormito Roccia, uno dei miei preferiti, è il più vistoso, sembra quasi che sgomiti tra gli Animal Gladiators e Batman per farsi vedere, per ricordarmi papà che me l'ha regalato quando siamo andati al cinema a vedere il film dei Gormiti. Una volta uscita dalla sala ci siamo trovati davanti 'sto tipo con un carrellino pieno di gadget e papà me l'ha preso senza nemmeno chiedermelo, sapeva che lo volevo da morire.

In più ho infilato le foto nelle cornici e ho pressato i vestiti nel grande armadio bianco, così l'apparenza è salva e non dovrò sorbirmi le lamentele di mamma per un po', almeno fino a quando non aprirà l'armadio e le cadranno tutti addosso.

Il problema è che in questo momento l'ordine non fa che accentuare il senso di vuoto, di noia. Entro in camera, mi metto al pc, apro Netflix, poi mi sposto sul letto, controllo il telefono e... il tempo non passa. Mentre la testa, invece, continua a correre.

So che dovrei imparare a lasciar passare i problemi, a non fissarmi, a mettere un punto e andare oltre. Ad affrontare e capire i miei dolori, le mie paure e i miei punti deboli e tirar fuori da qui la mia parte migliore.

Solo che non ci riesco.

Manuel mi prende in giro, dice che sono un casino di persona. Che so essere tanto dolce quanto stronza, che sono leale, spiritosa e sorridente ma anche pazza, scema e lunatica. Che sono una tigre, ma la tigre che fa meno paura al mondo. Perché sa che quando capita qualcosa che non riesco a capire o non riesco a controllare vado in tilt. Che non sono capace di dire: "Ok, è così, andiamo avanti", ma finisco per sbatterci contro, per non riuscire a scavalcare quei muri che io stessa ho costruito.

Eppure so che dovrei solo imparare a lasciar perdere ciò che mi fa star male, a non insistere, a non urlare sempre perché, in fondo, chi non ti vuole ascoltare non lo fa nemmeno se gridi. Ma allo stesso tempo so che non potrei rinunciare al mio modo di provarci fino all'ultimo, di sbatterci la testa anche se rischio di farmi male, di far sì che l'ultimo tentativo sia sempre il penultimo, a condizione che sia quello in cui credi. Se quello per cui lo fai ne vale la pena.

Ma forse è proprio questo il problema, che in questo momento non lo so. Non so se papà "vale la pena", se merita la mia rabbia e la mia tristezza. Se merita che stia male per lui. E non sono neppure sicura di volerlo sapere, di avere la forza e la voglia di capire. E magari ricevere un'altra delusione.

Solo che quando sono in casa non riesco a non pensarci. Ed è questo il motivo per cui faccio tanta fatica a restarci. Questo, e in parte anche lei.

Mamma Lea è una quarantenne molto attiva, che divide il suo tempo tra lavoro e la passione del momento. Ora, per dire, è in fissa con il cibo esotico. Non solo ogni volta che può va a mangiare al messicano, al coreano e in 'sti posti strambi, ma ogni volta che torna a casa prova a riprodurre – in genere con pessimi risultati – quel che ha assaggiato.

D'altra parte non è una mamma normale, tipo quella di Alissa, che dopo il lavoro passa il tempo a preoccuparsi di lei, che la porta in piscina e alle gare, le cura la dieta e al tempo stesso le prepara dei dolci pazzeschi quando ne ha bisogno: mia madre ha una personalità forte, passionale come il rosso dei suoi capelli, sempre pronta a buttarsi in quello che ama.

Questo non vuol dire che non si occupa di me, al contrario ha sempre fatto il massimo per proteggermi e rendermi felice, soprattutto dopo la separazione. Non ho mai dubitato del suo bene, né di quanto io ne voglia a lei. Solo che quando entra in modalità "mamma presente" non si frena.

«Come stai? Cosa fai? Sicura di star bene? Vuoi parlare?»

So che lo fa per me, ma ogni tanto mi toglie l'aria.

E per questo ogni volta che stiamo insieme per più di cinque minuti finisce che discutiamo. Il motivo quasi non conta, può essere la cosa più futile al mondo. Però succede. Perciò è meglio che stiamo ciascuna per i fatti suoi. Oppure ci troviamo fuori, in uno spazio neutro, dove non rischiamo di schiacciarci i piedi.

Per questo ho accettato la sua proposta e ora eccoci in centro a fare shopping, che credo sia la cosa che ci viene meglio, quella in cui Lea e Denise funzionano davvero. E questo nonostante i nostri gusti siano ben diversi: io perdo la testa per le tute appariscenti, i jeans stretti con la felpa corta, i vestiti monocolore e le scarpe da ginnastica, mentre a lei interessano quasi solo gli accessori, le collane, gli anelli vistosi... ci va matta! Ma al di là dei gusti, che comunque diventano il pretesto per scherzare e prenderci per i fondelli, quando siamo in giro a far compere stiamo bene, siamo complici. Ed è una bella sensazione, proprio quella di cui avevo bisogno.

Veniamo sempre in via del Corso perché ci sono i nostri negozi preferiti e in più ci godiamo Roma invece di rinchiuderci in un centro commerciale. È una strada bellissima, sempre piena di luci, con tante piccole chiese che si alternano alle vetrine. Ma la cosa che mi piace di più c'è solo il sabato e la domenica pomeriggio, quando un gruppetto di ragazzi sui vent'anni si ritrova nella piazzetta davanti a una di queste chiese, accende le casse e comincia a ballare hip hop e breakdance, divertendosi e divertendo la folla che puntualmente si raduna. Una volta ero così presa che... ci sono letteralmente finita in mezzo. In realtà è stata colpa di Manuel che, vedendo quanto fossi rapita, mi ha proprio spinto e, una volta che mi sono trovata lì, con la musica che andava e gli altri ragazzi e il pubblico che formavano un cerchio intorno… mi sono lasciata andare e ho improvvisato qualche passo. Divertente. Imbarazzante. Comunque indimenticabile, al punto che ogni volta che ci passo davanti e mi fermo a guardare mi nascondo dietro a qualcuno per non rischiare.

Ormai ci siamo fatte tutta via del Corso, e tutti i negozi: scarpe, profumi, gioielli, vestiti… E proprio mentre stiamo per andarcene passiamo di fronte a uno di telefonia. E ho un flash: sono mesi che ho problemi con la memoria del cellulare e sono mesi che le chiedo di cambiarlo e prenderne uno con più giga a disposizione e lei risponde: «Va bene, ma un'altra volta».

Ecco, questa deve essere la volta, e senza troppe menate faccio per entrare.

Ma lei non vuole. Dice: «Non ora», che si è fatto tardi, che ha del lavoro da sbrigare.

«Dai, mamma, un attimo.»

Lei è decisa, non fa neppure finta.

E io insisto: «Ti prego».

«No, Denise.»

«Ma siamo qui, cosa cambia se…»

«No.»

«Ci mettiamo cinque minuti…»

«Ho detto di no» dice alzando la voce, e attirando

l'attenzione delle persone accanto, che si girano verso di noi.

Allora mi blocco. Sento la rabbia che mi sale alla gola, che vorrebbe diventare qualche brutta parola. Ma è meglio evitare. Così mi giro e me ne vado, dirigendomi da sola verso la metro.

«Denise!» chiama Mamma. «Aspetta, ferma, torna qui!»

Ma io sono già andata via.

6

Me ne sono andata, e allora? Qual è il problema? Se non l'avessi fatto sono certa che sarei ancora davanti al negozio a litigare con mamma, a peggiorare la situazione, discutendo di tutto tranne che di telefonia. Ormai ho imparato: quando sono al limite e ho solo voglia di prendere a pugni il mondo, quando sono a un passo dallo sbroccare è meglio se cammino. È una cosa che ho scoperto di recente: che piova o ci sia il sole come oggi, infilo le cuffie nelle orecchie e cammino. E, camminando, mi sfogo e butto fuori i cattivi pensieri. E in questo Roma mi aiuta, perché quando passi per tanta bellezza è difficile restare arrabbiati.

Non ho una meta, non voglio averla. Cammino e mi guardo intorno, con *Stelle* di Ras &Call nelle orecchie e il vento che accarezza i miei lunghi capelli neri. Con la sensazione di essere di nuovo tranquilla, in pace. Passo per il Pantheon, per Largo di Torre Argentina, con i gatti che popolano l'area archeologica e che mi osservano sonnacchiosi, e solo dopo un paio d'ore nelle vie del centro decido di fermarmi e prendermi un gelato accanto a Castel Sant'Angelo, uno dei luoghi ai quali sono più legata, anche perché ci venivo sempre con mamma e papà. E forse è proprio per questo che non ci tornavo da tanto, in un certo senso lo evitavo, evitando la montagna di ricordi che mi bagnavano gli occhi ogni volta che mi venivano in mente, come il ricordo di quel pomeriggio di un luglio di sette anni fa, quando, nonostante il caldo asfissiante, li avevo costretti a venire a prendere il gelato proprio qui, nello stesso locale in cui sono ora: crema per me, menta e fior di latte per loro, che tra tutte le differenze avevano una passione in comune per questa accoppiata. E con i coni in mano camminavamo lungo il ponte ridendo e chiacchierando spensierati, fino a quando… un piccione decise di passare sulle nostre teste e di lasciare un ricordino su quella di mamma, insozzandole capelli, maglia e gelato. Lei, che è sempre stata permalosissima, si arrabbiò tantissimo, soprattutto con me e papà che, osservandola increduli, ci ammazzavamo dalle risate, così ci costrinse a correre a casa per lavarsi e nei due giorni successivi non fece che parlare dell'accaduto lamentandosi e ripetendo che lì non ci sarebbe più tornata. È uno degli ultimi ricordi felici che ho di noi tre insieme, forse il mio preferito.

Dopo la sosta a Castel Sant'Angelo ero così presa da Roma e dai ricordi che non so neppure come ci sono arrivata qui. In pratica, è come se mi ci fossi trovata. Come se avessi chiuso gli occhi in un posto e, una volta riaperti, fossi altrove. È stato il "pilota automatico" a portarmi qui, quella specie d'istinto che ti conduce alla meta senza quasi che te ne accorga.

Il fatto è che avrei anche potuto andare al Muretto, ma, a parte che a quest'ora non ci sarà ancora nessuno, stasera c'è una festa a casa di un amico di Checco e so che gli altri vogliono andarci, sarà una cosa carina, casa libera, musica a palla e gente di ogni tipo, ma non sono proprio nel *mood*. Allo stesso tempo non sono nel *mood* per stare da sola. Cioè è una cosa che mi piace, ci sto pure bene, ma non ora, non di sabato sera, non dopo aver litigato con mamma.

Così c'ha pensato il "pilota" a portarmi qui, nel posto migliore in cui potrei essere.

Non so quante volte, da piccola, ho sentito questo profumo. Un misto di cioccolato e vaniglia che, grazie alla passione di sua mamma per i dolci, è la prima cosa che senti quando apri la porta ed entri in casa di Alissa, un appartamento semplice, accogliente e tutto blu, il suo colore preferito, che per tanti anni è stata un po' casa mia.

Ci siamo conosciute alle elementari e all'inizio ci detestavamo: a lei piaceva giocare con le Barbie e a me con i supereroi, lei amava i film sulle principesse Disney mentre io non li sopportavo, preferendo di gran lunga qualsiasi cosa avesse di mezzo mostri e alieni. Ricordo la prima volta che sono venuta qui, la maestra ci aveva affidato una ricerca e nessuna delle due era entusiasta all'idea di farla in coppia con l'altra, ma, una volta che mamma Tiziana ci aveva portato dei brownie appena sfornati e che li avevamo spazzolati senza quasi masticare, scambiandoci solo grandi sguardi d'intesa, era scattato qualcosa. Da allora siamo diventate inseparabili, e casa sua è diventata casa mia e viceversa. E di casa sua, la prima cosa che ricordo è proprio questo profumo, quest'odore che poi Alissa ha cominciato a mescolare a quello del cloro.

Ormai ci vediamo a scuola oppure, quando ho tempo, mi piace andare ai suoi allenamenti, osservarla da dietro il vetro che separa la piscina, stare in quel mondo ovattato e guardarla fare avanti e indietro e intanto non pensare a niente, che a volte è la cosa più bella.

Per questo sono secoli che non ci tornavo. Eppure è esattamente come l'avevo lasciata. Il profumo, ma anche le foto di Alissa bambina alle pareti, il blu praticamente ovunque… entrare in questa casa è come fare un viaggio nel passato.

Allora anche per questo, per il fatto che sono passati tanti anni ma sembra ieri, decidiamo di trascorrere una serata all'insegna dei vecchi tempi, quando non c'era niente di più eccitante di un pigiama, una pizza e una notte a ridere, spettegolare e magari commuoverci davanti a un filmone strappalacrime.

L'unico problema è… il pigiama, già: prima di tutto, io odio i pigiami. Li odiavo allora, quando mi costringevano a indossarli, e li odio ancora di più adesso, specie quelli che vedi in giro, brutti, scomodi, con immagini e colori improbabili: molto meglio un bel paio di pantaloni della tuta larghi e una semplice maglietta.

Peccato che, oltre a utilizzare proprio quei pigiami orrendi, Alissa sia tipo il doppio di me, che, ok, non è un'impresa visto che sono alta un metro e una suola, come dice Manuel per prendermi in giro, perciò ora che indosso quello che mi presta sembro un brutto gnomo con i pantaloni che strisciano a terra.

Una volta impigiamate, ci chiudiamo in camera, con la pizza scongelata da mamma Tiziana e la tv accesa, indecise su cosa guardare. Io dico *Le pagine della nostra vita*, lei dice *Blade Runner* ed è molto strano perché non ha mai voluto guardare questo genere di film.

«Mi hanno detto che è bellissimo.»

«Chi?» chiedo, perché la differenza è tutta qui: se te lo suggerisce uno che ci capisce qualcosa, che ha un minimo di buongusto è bene ascoltarlo, mentre se te lo suggerisce uno che ha i gusti di mio nonno e ama guardare i documentari sui cinghiali è meglio fare l'opposto.

«Tony.»

«Tony?»

«Sì, dice che...»

«Scusa, Shaky, ma chi è Tony?»

«È uno nuovo, sta nella classe accanto alla nostra, l'ho conosciuto per caso davanti alle macchinette dopo che ci siamo scontrati...»

«Ah, non mi avevi detto nulla...» Poi, chiaramente incuriosita continuo: «Ma, scusa, e quand'è che ti avrebbe consigliato di guardare *Blade Runner*?».

«Oggi, a ricreazione...» Ecco dov'era finita! Era uscita dalla classe con me poi, d'un tratto, era evaporata. «Stavamo chiacchierando ed è uscito l'argomento...»

Alissa è diventata tutta rossa nel parlare di questo Tony, la conosco, è il segnale: di sicuro le piace.

E proprio perché la conosco e so quanto è riservata lascio cadere l'argomento. Almeno esplicitamente, visto che non faccio che pensarci durante il film e quando mi metto a letto, sulla stessa brandina che mi davano quando ero piccola, proprio accanto al suo letto. E prima di chiudere gli occhi sorrido: Alissa, la ragazza più timida e riservata del mondo, ha perso la testa per questo ragazzo misterioso con la passione per la fantascienza. Proprio vero che l'amore è una cosa strana, mi dico. Per fortuna sono immune.

È stato tutto perfetto.

La notte, il risveglio, la colazione a base di pancake come quando eravamo piccoline. Non potevo chiedere di meglio.

Grazie ad Alissa ho fatto pace con il mondo e adesso sono pronta a farlo con mamma. So che anche per lei non è facile, che io non sono facile. E che per sopportare i miei sbalzi d'umore e il mio caratteraccio serve pazienza e impegno. Cosi, per farla felice, al chiosco sotto casa prendo un mazzo di tulipani colorati, che sono i suoi fiori preferiti. E quando mi apre la porta...

«Sei un'irresponsabile!»

Mi coglie di sorpresa, non capisco.

«Ma ti rendi conto di cosa hai fatto?» chiede con la faccia livida, gli occhi gonfi e i capelli arruffati per aria. «Stanotte non ho chiuso occhio, aspettavo che mi chiamassi o mandassi almeno un messaggio invece te ne sei fregata.»

«Ma se ti ho scritto che ero da Alissa?»

«Non a dormire.»

«E dove potevo essere, secondo te?» chiedo acida, anche se so che in fondo ha ragione, avrei potuto scriverle. Ma mi è passato di mente, non è che l'ho fatto con cattiveria, per vendicarmi del telefono o altro, di sicuro non volevo farla star male.

«Sei un'irresponsabile» ripete. «Mi hai fatto passare una notte che non auguro a nessun genitore. Beato tuo padre che non deve sopportarti, a volte penso che abbia fatto bene ad andare via, almeno non deve affrontare questi tuoi atteggiamenti.»

In un nanosecondo riesce a ferirmi e a farmi arrabbiare per davvero. Non deve nominarlo e lo sa, tantomeno in questo modo. Il mio cuore batte due colpi più veloce ed è allora che prendo il mazzo di fiori che come un'idiota nascondevo ancora dietro la schiena e glielo lancio addosso. Poi corro in camera, spalanco la finestra e, una volta uscita, mi acquatto sul terrazzino. Con la musica nelle orecchie. Il cielo di Roma sopra di me. Al riparo dal mondo.

7

La musica è la chiave.

Quando finisci in un vicolo cieco, quando ti perdi e non ritrovi la strada, quando sei al buio e non vedi la luce, l'unica soluzione è mettere la musica e lasciarsi guidare. Mettere la musica e ballare. Mettere la musica e farsi cullare. A ogni emozione la sua canzone. A ogni canzone il suo momento. E oggi che piove, che è lunedì e devo andare a scuola, oggi che mi sono svegliata con la luna storta e ho fatto colazione in camera pur di non incrociare mamma, alla quale non rivolgo la parola dalla notte a casa di Alissa, oggi che non riesco a trovare le parole lascio che la musica riempia il silenzio e accompagni i miei pensieri.

A Roma prendere un mezzo all'ora di punta in un giorno di pioggia è una vera scommessa, come entrare nell'astronave di *Intestellar* e sperare sia un viaggio veloce. Una delle cose che odio di più è il fatto che è sempre pieno e trovare un posto libero o sperare di non stare appiccicata agli altri passeggeri è un lusso che quasi mai si riesce a ottenere, specialmente di mattina. E visto che ho problemi di mio con le mattine e, fosse per me, invertirei il senso dell'orologio e vivrei solo di notte, si può capire quanto detesti affrontare 'sta cosa ogni singolo giorno, specialmente quando lo sconosciuto a cui finisci schiacciata magari ha pure voglia di fare conversazione.

Ma oggi è una giornata strana.

Ad esempio, il bus è mezzo vuoto. Cioè, c'è qualche passeggero in piedi ma in genere, in queste condizioni, saremmo stretti l'uno contro l'altro, con l'ombrello dei vicini a farti la pozza sui pantaloni e quell'odore di umido e sudore tipico dei giorni di pioggia. Io poi ho trovato pure posto, proprio davanti all'uscita, così non devo fare neppure la fatica di alzarmi prima e spintonare per raggiungere le porte: alla fermata mi tiro su, scendo due gradini e sono praticamente a scuola.

In genere, passo il viaggio con la testa china sul cellulare, ad ascoltare musica e guardare qualche storia su Instagram. Ho fatto questa strada così tante volte che non devo neppure controllare. Riconosco le curve, le strade dritte, non conto neanche le fermate. Al momento giusto, mi alzo e scendo. A meno che…

Kreeeeeeeee

…a meno che, in seguito a una brusca frenata, la signora che ti stava accanto sorridendoti soddisfatta con il dito sul pulsante per chiamare la fermata non ti finisca praticamente in braccio e tutto intorno sembri un concerto di Sfera Ebbasta con gente che salta, sbatte e poga da tutte le parti.

Mentre la signora si ricompone e inizia a bisticciare a distanza con l'autista, sostenuta dal resto dei passeggeri, l'occhio mi cade su un paio di McQueen nere ferme davanti all'uscita, poi sale lungo dei jeans strappati all'altezza del ginocchio, una felpa Nike con il cappuccio che copre dei capelli neri ancora bagnati e quando arrivo agli occhi… quegli occhi guardano i miei. E si riconoscono. È un attimo. Poi le porte si aprono e il ragazzo scende, lasciandomi lì con una strana sensazione addosso.

E quando il bus riparte non so che fare, se guardare fuori per cercarlo o fare finta di niente.

Resisti, mi dico, non guardare, non guar… Cedo, guardo.

Ma è troppo tardi, e lui è di spalle, già fuori dalla mia vita.

E tutto ciò che ho perso
Ora lo vedo in te…

E sai che dico? Che sono pure sollevata. Se si fosse girato e avessimo incrociato di nuovo lo sguardo… ecco, solo a pensarci mi prende 'sta cosa strana, 'sta specie di agitazione. E in questo momento è l'ultima cosa che voglio. Cioè l'ultima cosa che vorrei è qualcuno nella mia vita. Un ragazzo. Ora. Con l'Hip Hop International alle porte. Con gli amici che mi bastano. No, no, non se ne parla.

Poi certo, prima o poi mi auguro di trovarlo. Di trovare l'amore e la spensieratezza, di sentirmi amata e di aver voglia di amare gli altri.

Ma adesso ho bisogno di amare me stessa.

E poi, sul serio: siamo sicuri che l'amore esista? C'è ancora qualcuno che ci crede?

Ho visto quello che è successo ai miei. Ho visto quanta rabbia e tristezza si porta dietro, quanta sofferenza. E io non voglio stare male per una cosa che tanto non funziona.

«Invece non sai cosa ti perdi, innamorarsi dev'essere bellissimo...» Quando parla d'amore Alissa, che da quando conosco, praticamente da sempre, non è mai uscita con nessuno, sembra faccia un salto indietro nel tempo, a quando eravamo bambine, perché lo fa nello stesso modo, con gli stessi occhi e la stessa voce sognante, da irriducibile del "vissero felici e contenti", anche se poi passa le sue giornate con la testa nascosta sott'acqua. È il suo modo di essere, ciò che la rende diversa da tutti. E ora che è comparso questo Tony ho la sensazione che possa solo peggiorare.

«La pensi così perché quel Tony ti piace.»

Lei mi guarda sorpresa e imbarazzata.

«Allora?» continuo a bassa voce, sperando che il prof Garaffoni non mi senta. Sono entrata in classe con cinque minuti di ritardo e mi ha già ripreso, non vorrei che la prendesse sul personale e mettesse in atto la mia condanna a morte in matematica, che è la materia in cui vado nettamente peggio. «Come va? Vi siete rivisti?»

Mi bastano le sue guance paonazze come risposta. E ridacchio.

«Silenzio!» ammonisce Garaffoni, che sta scrivendo simboli incomprensibili alla lavagna.

«E comunque» bisbiglio, mentre scarabocchio sul

quaderno «anche se, come dici, li vero amore esiste, non mi interessa, in questo momento non me ne frega proprio niente dei ragazzi.»

«Sarà…» fa Alissa con un sorriso divertito. «Ma cosa mi dici del ragazzo del bus?»

«Il ragazzo del bus?»

«Già, da quando sei entrata l'avrai nominato dieci volte…»

«Io?»

«E ogni volta ti vengono gli occhi a cuoricino…»

«Ma che dici?»

«Allora!» Il prof sbatte la mano sulla cattedra e tutta la classe si gira verso di noi, compagne di banco dalle elementari. «Si può avere un po' di silenzio?» domanda con quella S sibilante che ogni volta che urla è accentuata e accompagnata da sputacchi a causa dello spazio che ha tra i denti.

Nello stesso istante, Alissa e io ci irrigidiamo e piano piano cerchiamo di scomparire sotto il banco.

Ma quando Garaffoni, dopo l'occhiataccia di rito, ricomincia la lezione e gli parte un'altra esssssssse… ricominciamo anche noi. Peggio di prima. Cioè Alissa scoppia proprio in una risata fortissima, e io ovviamente le vado dietro.

Risultato: dopo tanti anni da compagne di banco,

proviamo l'ebbrezza di una lezione separate, lei al suo posto, io in un banco vuoto in seconda fila. Divise come Ulisse da Penelope, come Totti dalla Roma.

8

Il principio è lo stesso: muoversi a tempo su una melodia.

Ma tra ballare da sola e ballare con la tua crew c'è la stessa differenza che esiste tra una goccia del mare e un'intera onda che si infrange con tutta la sua enorme potenza contro gli scogli. La danza è così, perché quando smetti di guardarti riflessa nello specchio e ti trovi su un palco con altri ballerini capisci che ogni tuo movimento è strettamente connesso a quello degli altri e che quello che producete insieme ha una forza quasi magica. Che una cosa è ballare da sola in camera, in palestra o ovunque ti prenda, perché puoi essere tecnicamente perfetta o sbagliare tutto, ma la sostanza non cambia, lo stai facendo per te, per esprimere quello che hai dentro, per dargli una forma, un movimento; un'altra cosa è ballare con una crew di otto persone, muoversi con loro, sincronizzarsi con loro, faticare per loro e migliorare grazie a loro. E condividere la stessa voglia, lo stesso sogno.

Il nostro, ora, ha un nome: si chiama Hip Hop International ed è una gara nazionale che permette ai primi gruppi classificati di partecipare al World Hip Hop Dance Championship di Los Angeles, un evento pazzesco, seguito in tutto il mondo, che oltre a una somma in denaro mette in palio la possibilità di studiare danza lì, in America, con alcuni dei gruppi più conosciuti.

La gara si svolge a Milano all'inizio dell'estate, più o meno in coincidenza con la fine della scuola. E io e i Freefire, la crew con cui ballo da ormai quattro anni, ce la stiamo mettendo tutta per farci trovare pronti.

Emanuele, il nostro insegnante, un ragazzo sui trent'anni pieno di tatuaggi in stile old school, è molto duro, ma è la danza stessa a essere una disciplina dura. E comunque, dice sempre, quando fai qualcosa che ti piace non esistono sacrifici, non esistono rinunce, ma solo conquiste, passi in avanti che ti avvicinano al sogno.

E quando lo dice indica sempre il ginocchio destro, la cicatrice che lo taglia in verticale. Nessuno di noi conosce la storia nei particolari, sappiamo solo che era una grande promessa, uno dei ballerini più talentuosi d'Italia, e che ha vissuto diversi anni a New York, dove ha frequentato una delle accademie più prestigiose, la Steps On Broadway. Poi si è rotto, e da lì l'operazione al ginocchio e le cicatrici. Eppure non ha smesso. Cioè ha dovuto rinunciare a farlo a certi livelli ma ha continuato a vivere per la danza. Senza alcun rimpianto: «Quando osservo le mie cicatrici non le odio, non provo dolore. Anzi, ormai ci sono affezionato perché sono parte di me, perché mi hanno reso quello che sono. Perciò» ripete «seguite sempre il vostro sogno, perché i sogni non possono far male».

Il nostro, di sogno, ci potrebbe portare lontano, appunto ai mondiali di Los Angeles. Che magari ci aprirebbero la strada al sogno successivo, perché poi è questo il bello dei sogni: non ci sono limiti, ne puoi aggiungere, puoi sempre volerne altri. E a quel punto il mio sarebbe entrare nella Royal Family, una crew molto famosa, e trasferirmi negli USA.

«In America? Dici davvero?» fa Checco, sorseggiando la sua Fanta. «A mangiare formaggio spalmabile e pizze alte mezzo metro e ritrovarti a pesare il doppio di ora dopo pochi giorni?»

«E a guardarti il baseball invece che la Roma?»

interviene Marco. «Sai quanto dura una partita? Tre, quattro, anche cinque ore! Cioè, noi in tre ore facciamo in tempo a vestirci, andare allo stadio, guardare la partita, mangiarci la porchetta e tornare a casa...»

«E poi...» domanda Manuel, mentre si mette in piedi e ci dà la schiena, voltandosi verso il tramonto rosso elettrico che sta calando come una coperta sulla nostra città, «come faresti senza questo? Saresti davvero disposta a rinunciarci?»

Siamo al Muretto. Chicco non è venuto, dice che deve prepararsi per un'interrogazione ma sappiamo tutti che è uscito l'ultimo numero di uno dei suoi fumetti preferiti, *One Piece*, e in questo preciso istante sarà in coda al primo gameshop vicino a casa per essere certo di accaparrarselo.

Sono seduta con le gambe incrociate, Manuel è in piedi al mio fianco mentre Checco e Marco, vestiti con la stessa tuta Nike bianca e grigia, son presi a scattarsi foto in stile coatto come al loro solito.

La piazzetta è deserta, e il mio silenzio è coperto solo dallo stridere dei gabbiani e dal rumore di una lattina che rotola per terra. E il silenzio è l'unica risposta che so dare. Sarei disposta a rinunciarci? A lasciare la città più bella del mondo per inseguire un sogno che chissà dove mi potrebbe portare? Sono sicura che ne varrebbe la pena, che ciò che troverei bilancerebbe ciò che perderei?

«Boh, a me quando sono stato via» dice Manuel, che ha vissuto un anno a Rimini insieme alla sua famiglia «mancava... tutto!»

«Anche il traffico?»

«Anche.»

«Anche il caldo straziante in pieno agosto?»

«Anche.»

«E le buche nelle strade?»

«Pure.» Poi sorride con il suo sorriso più bello, quello che viene dal cuore e passa per gli occhi, che non usa quando fa il figo di fronte alle altre ragazze: «Ma la cosa che mi mancava di più erano le persone a cui volevo bene».

Sorrido anch'io, mentre restiamo in silenzio a guardare lo spettacolo davanti ai nostri occhi.

Sono la prima a girarmi, a dare le spalle a Roma e a guardare verso la piazzetta. E sono la prima a vederlo, forse l'unica.

Lo riconosco per via della giacca nera sulla quale ha fatto ricamare le sue iniziali in verde, il suo colore preferito, e dal modo in cui cammina.

È lui, ne sono certa.

Papà.

D'istinto sarei pronta ad alzarmi e corrergli incontro.

Invece mi ghiaccio.

«Ehi, Denise, tutto bene?»

Sua madre, mia nonna, con cui non ho rapporti dal giorno della separazione, non abita lontano ed è già capitato che per andare a trovarla passasse di qui. E che, vedendoci, allungasse di un poco e passasse a salutarci. E siccome è uno easy, che non si fa problemi, è capitato pure che una volta che Marco si era portato dietro la palla ci siamo messi a fare una partitella nella pista di pattinaggio, tre contro tre, io, lui e Checco contro Marco, Manuel e Chicco, finché Marco, che è iper-competitivo nonostante sia un bel po' negato, gli ha fatto un'entrataccia, lui s'è mezzo slogato la caviglia e da allora basta partite. Ma, se passava di qui e ci vedeva, veniva sempre a farci un saluto.

Invece stavolta neanche si volta.

«Ehi, ci sei?» la voce di Manuel.

«Sì, sì...»

«Si può sapere che ti prende?»

«Cosa?» chiedo distratta, mentre con la coda

dell'occhio osservo la sua sagoma farsi più piccola e lontana.

«Sei pallida, sembra che tu abbia visto un fantasma.»

Lo seguo finché scompare dalla mia vista. Dalla mia vita. Finché sì, diventa un fantasma.

9

Esiste il destino? Cioè le cose capitano perché devono, perché le stelle l'hanno deciso e perché tutto ha un senso, oppure succedono per caso, come se le stelle fossero buttate in cielo semplicemente per farci compagnia, per farci passare un po' di tempo a testa in su?

Non lo so, non ne ho idea. Di sicuro non so come spiegarmi 'sta cosa qui, il fatto che in poche settimane è la terza volta che me lo ritrovo davanti.

La prima, sul bus... vabbè, succede.

Voglio dire, capita ogni giorno di incrociare facce nuove e che una di queste ti colpisca più di altre. Sul bus, per strada, in un locale... quante volte succederà in una vita? Cento? Mille? Un milione? E quante volte questo incontro diventa importante? Quante volte questa faccia è destinata a restare? Poche, quasi zero. La realtà è che la vita va avanti veloce e si lascia dietro tutto quello che non hai stretto o afferrato, vuoi perché avevi altro per la testa, vuoi perché non sei stata abbastanza veloce oppure eri convinta che avresti trovato di meglio. Perché non era il momento e i momenti non si ripetono e una volta che passano non tornano più.

O almeno non dovrebbero…

La seconda volta è stato diverso.

Ero in coda al Mc vicino a casa e stavo aspettando il mio turno, quando ho alzato lo sguardo e nella fila accanto c'era lui, di nuovo lui, il ragazzo del bus!

Siccome era alla cassa che attendeva di ritirare la sua ordinazione d'asporto e io ero nascosta dietro a una specie di gorilla, un tipo gigante con la magliettina bianca attillata, il marsupio a tracolla e i capelli che odoravano di lacca da un chilometro di distanza, ho avuto il tempo per osservarlo, per studiarlo: da come si veste e porta i capelli si capisce che ha circa la mia età, che è un tipo da Capo Plaza e di sicuro sta in fissa con il fisico, come ogni ragazzo della nostra generazione.

Poi si è voltato e con il sacchetto in mano mi è passato accanto, e mentre passava mi ha guardato, cioè abbiamo incrociato di nuovo lo sguardo.

Quanto? Un secondo? Due? Tre?

Possibile che un'occhiata così breve mi abbia colpito così tanto? Dev'esserci per forza qualcosa di speciale, ho pensato, stupendomi di me stessa, di quanto quell'incrocio di sguardi mi avesse emozionato. Peccato che non lo avrei mai scoperto, perché come era ricomparso così era scomparso. Mi era passato accanto, io non gli avevo detto niente, lui non aveva detto niente a me e, *puff,* era svanito come un fantasma. Un altro fantasma nella mia vita.

Nei giorni seguenti ci pensavo non dico tanto ma quasi. Era un flash, qualcosa di sfocato, un'immagine con il filtro opaco che però mi era rimasta in testa. E più ci pensavo più mi chiedevo: è colpa mia che non l'ho fermato? È colpa sua? O è semplicemente destino?

Poi è accaduto una terza volta e... è cambiata ogni cosa!

È cominciato tutto ieri sera, quando abbiamo deciso di saltare la scuola. È stato Manuel a lanciare l'idea, anche se è una cosa che facciamo ogni anno, quando l'inverno è finalmente finito e cominciano quelle giornate che pare già d'essere in estate.

Questa cosa non la stabilisce il calendario: la senti, la vedi, l'annusi nell'aria. E se non la cogli basta farsi un giro in città. Le persone sedute a godersi il sole con un bel gelato in mano, i ragazzini che giocano a palla in piazza e per le strade, le ragazze con i capelli al vento, gli occhiali da sole e i pantaloncini, le piante in fiore, un miliardo di colori e profumi che ricoprono i prati… E l'odore di sudore di Chicco, che con il caldo e la sua storica tendenza a non lavarsi diventa nucleare. Tutti gli ingredienti che ti fanno dire: addio inverno, benvenuta estate.

E noi, in questo periodo, abbiamo un rito: saltiamo la scuola e ce ne andiamo al mare. È da quando abbiamo cominciato le superiori che lo facciamo. Ci troviamo direttamente in stazione, che Manuel e io raggiungiamo dalla nostra scuola, Checco e Chicco dalla loro, e Marco, che ha mollato dopo la terza media ufficialmente per concentrarsi sul pallone e ufficiosamente per dare un mano nell'officina del padre, direttamente da casa. E poi c'è sempre qualcuno che si aggiunge all'ultimo, altri amici, amici di amici… Oltre a quelli che troviamo quando arriviamo in spiaggia, dove, appunto, per me è cambiata ogni cosa.

Siamo arrivati a Fregene verso le 9.30, dopo il solito viaggio in treno divisi tra chi dormiva, chi ascoltava musica e chi chiacchierava, entrambe le cose a un volume esagerato, mentre gli altri passeggeri, per cui è una giornata come tante, o scivolavano nella carrozza successiva o ci guardavano con occhi rassegnati, come a dire: "Prima o poi scenderanno".

La spiaggia è sempre la stessa, una lunga striscia di sabbia puntellata di asciugamani e pischelli che giocano a beach volley e racchettoni. L'unica eccezione è il Singita, uno stabilimento curato e alla moda, caratterizzato da un chiosco di legno e paglia che fa tanto Maldive.

Tempo di togliersi le scarpe e infilarsi le infradito nere come il costume intero di Guess che nascondevo sotto i vestiti, e siamo corsi a stendere gli asciugamano nella classica formazione a croce, con io in mezzo e i miei amici intorno, manco fossero soldati romani che difendono il centurione. E proprio mentre stiamo prendendo posizione… ecco un altro gruppetto. Saranno una decina, gente di altre scuole, magari del posto…

E a mano a mano che si avvicinano e li metto a fuoco il mio cuore batte più veloce: «Oddio!» stringo istintivamente il braccio a Manuel, che mi guarda come a dire: "Che fai, sei matta?".

«Non ci posso credere…»

«Cosa?!»

«È lui!»

«Lui… chi?»

«Lui… lui!»

Manuel si sistema gli occhiali da sole cercando di capirci qualcosa.

«Il ragazzo del bus!» faccio, senza nascondere l'eccitazione.

«È qui?!»

«Sììì!»

«E qual è?» domanda, mentre comincia il classico giro di saluti con i nuovi arrivati.

Attenta a non farmi notare, indico un ragazzo che sta sistemando l'asciugamano un po' in disparte, non isolato ma neppure nel mezzo del casino. È già a petto nudo, con il costume Dsquared2 come il mio cappellino. Mi rendo conto che i capelli non sono neri ma castano scuro e che è ancora più bello di quanto pensassi.

«Lui?!» domanda incredulo Manuel.

«Be', sì…»

«Non ci posso credere!»

«Perché? Non ti piace?»

«Ma è Daniel! È un mio amico! Aspetta che te lo presen…»

Non fa in tempo a terminare la frase che non so bene chi fa partire il classico grido: «Tutti in acquaaa!». E di colpo chi era seduto si alza, chi era mezzo svestito si sveste rimanendo in costume… e prima ancora che me ne accorga mi ritrovo in mare circondata da una ventina di ragazzi che schizzano, si buttano tra le onde… che si godono il primo bagno della stagione manco fossero bambini!

L'acqua è gelata, con qualche alga qua e là, ma in questo momento non esiste al mondo nulla di più bello. Intanto Checco, che non vedeva l'ora di mostrare il suo fisico scolpito da ore e ore di esercizio, si è piazzato sul bagnasciuga a fare avanti e indietro modello Baywatch, Chicco galleggia come un tronco, senza dare cenni di vita, e se non sapessi che è il suo modo di godersi il mare sarei preoccupata, mentre Marco è già un puntino lontano che nuota verso l'orizzonte. E Manuel… sbuca all'improvviso da sott'acqua, spaventandomi a morte, e solo dopo essermi vendicata cercando di affogarlo lascio che mi prenda sulle spalle e mi porti a fare la lotta con chiunque ci capiti sotto mano.

Quando usciamo provo quella meravigliosa sensazione che solo il mare ti dà. Il sapore di sale sulle labbra, la pelle tesa dal sole, il vento tra i capelli bagnati… Poi mi infilo gli occhiali e mi sdraio a pancia in giù. E, nascosta dalle lenti scure, osservo il "ragazzo del bus", che sta scrivendo al telefonino.

«Bello, eh?»

«In effetti...»

Manuel si leva gli occhiali, mi guarda divertito: «Sorellì, guarda che stavo parlando del mare...».

La mattinata passa veloce.

Ci sono i patiti dell'acqua, quelli che appena escono sono pronti a rientrare, le cozze, che non si staccherebbero dagli asciugamani neppure se ci fossero cinquanta grandi all'ombra, e i pro del barettino, che da quando abbiamo messo piede in spiaggia non sono usciti dalla sua ombra proiettata sulla sabbia. E poi ci sono io, che non ho ancora parlato con il tipo. Perché Manuel ha deciso di passare il tempo a corteggiare una dell'altro gruppo e non me l'ha presentato, e perché non sarò certo io a fare il primo passo, non è proprio il caso.

Ormai sono abbastanza rassegnata e, mentre gli altri si lanciano in mare per l'ultimo tuffo prima di tornare a casa, sollevando una nuvola di sabbia che mi entra dappertutto, penso sia destino che finisca in questo modo. E forse è meglio così.

«Sbaglio o ci siamo già visti?» Una voce alle mie spalle. Mi volto e... colta di sorpresa, resto muta.

«Mi chiamo Daniel, tu...» Stavolta è lui che si ferma, che si azzittisce di colpo e guarda alle mie spalle, come se… I Fantastici 4 piombano su di me all'improvviso, tutti bagnati, e senza pietà mi afferrano gambe e piedi e mi trascinano in acqua.

Quando si dice gli amici…

10

Contropiede: tecnicamente coincide con un ribaltamento veloce e improvviso dell'azione. Cioè c'è una squadra che attacca, attacca e attacca, e l'altra che difende, difende e… a un certo punto ruba la palla e schizza in avanti, un po' come Totti che lancia Gilardino che lancia Del Piero che segna nella semifinale mondiale contro la Germania, un ricordo che il papà di Marco recita come una preghiera ogni volta che sfioriamo l'argomento. Il contropiede, insomma, è un'azione che ti coglie alla sprovvista e rovescia gli equilibri quando meno te lo aspetti.

Praticamente quello che la vita ha fatto con me.

Ho passato gli ultimi anni a ripetermi che sto bene da sola, non ho bisogno di nessuno. A non mettermi in gioco, a non provare emozioni per altri che non fossero miei amici. Ad aver paura di soffrire e starci male.

Probabilmente sono diventata più chiusa, più dura e arrabbiata con il mondo, e ho perso i lati più lucenti del mio carattere a favore di quelli più bui, più negativi. E proprio ora che papà mi ha dato la conferma che i maschi sono tutti uguali, che con le sue parole prima e il suo silenzio poi mi ha fatto capire che è meglio non fidarsi né aspettarsi niente, proprio ora che mi ha ricordato quanto una delusione possa far male, ecco che dal nulla sbuca un ragazzo che non solo mi colpisce ma mi invita pure a uscire. Che mi destabilizza, minando tutte le certezze che mi sono costruita. E tutto questo solo e soltanto per colpa di Manuel, che, come al solito, si è messo in mezzo senza che nessuno glielo chiedesse.

Ok, eravamo seduti sugli spalti del campo di pallavolo della scuola e, lo ammetto, gli stavo facendo il terzo grado. D'altra parte, se quel ragazzo era davvero suo amico come aveva detto in spiaggia… chi era? Come lo conosceva? Perché non l'avevo mai visto?

«Non l'hai mai visto» ha risposto, con in mano il cellulare, «perché si è appena trasferito a Roma.»

«Allora tu come lo conosci, scusa?»

«È l'unico ragazzo che ci stava dentro quando sono stato a Rimini.»

«Ma allora è davvero un tuo amico!»

«Amico è un parolone» ha detto, mentre Alissa continuava ad andare avanti e indietro per gli spalti ripetendo a voce alta gli argomenti di scienze sui quali sarebbe stata interrogata l'ora successiva. Fa sempre così, a casa non dà nemmeno una letta poi, un'ora prima dell'interrogazione, inizia a studiare tutta impanicata, un po' come me… e non a caso è la mia migliore amica! «Diciamo che era l'unico simpatico, con cui potevi parlare di qualcosa che non fosse il cibo o il meteo.»

«E…?»

«E… cosa?»

«Avanti, dimmi di più!»

«Aaaah…» ha fatto con la sua espressione da furbetto. «Allora ti piace davvero!»

«Ma va, figurati. Sono solo curiosa.»

«Certo, certo… E io sono quello che ha costruito il Colosseo…»

Odio quando fa così, quando mi prende in giro. Ma solo perché mi conosce, perché sa che quello che dice mi tocca ogni volta. E perché con lui non riesco a mentire.

Comunque, alla fine mi ha raccontato che si chiama Daniel, cosa che già sapevo, e almeno ai tempi giocava a calcio a un buon livello, tipo nella primavera del Rimini, e studiava all'alberghiero. Per il resto non è che sapesse granché: «Era uno riservato, che non parlava mai degli affari suoi».

Vabbè, ma chi se frega di com'era: adesso? Che fa a Roma? Dove vive? Chi frequenta?

Manuel non ne sapeva niente: «Mi ha scritto un messaggio quando è arrivato, ma per una cosa o per l'altra non ci siamo visti fino all'altro giorno al mare. Comunque» ha detto, guardandomi con un sorriso che non mi piaceva per niente, «puoi chiederlo direttamente a lui.»

«In che senso?»

Ha alzato le sopracciglia, con quel modo di fare che odio. Come a dire: "Indovina un po'?".

«Non me lo dire…»

«Mh mh» ha annuito soddisfatto sventolandomi il cellulare sotto il naso.

«Non ci credo!»

«E fai male… Gli ho appena mandato il tuo numero!»

Ed è così che grazie al mio caro amico Manuel ho passato un pomeriggio e una notte da incubo. Da una parte dicevo: non mi va, non voglio, speriamo non si faccia vivo. Dall'altra non facevo che controllare il telefono e ogni volta che ricevevo una notifica mi veniva il vuoto nella pancia. Ma visto che non succedeva niente ho cominciato a pensare che non sarebbe mai successo, e che forse era meglio così. E quando stamattina ho aperto gli occhi ero rassegnata: evidentemente non l'avevo colpito quanto lui aveva colpito me, oppure era già impegnato e Manuel non lo sapeva, e mentre a scuola il prof Garaffoni parlava di equazioni e minimo comun denominatore ero quasi felice: avrei rischiato solo di complicarmi la vita.

Finché, quando ormai avevo rinunciato… *beep beep*, messaggio in arrivo da un numero sconosciuto: *Ehi, sono Daniel, il ragazzo del mare. Ti va di andare a bere una cosa uno di questi giorni?*

Sono saltata giù dalla sedia per la sorpresa e quasi Garaffoni non mi cacciava dalla classe, dopodiché, parlando rigorosamente sottovoce, insieme ad Alissa abbiamo deciso cosa rispondergli e dopo un'ora di cancellature e ripensamenti ho accettato l'invito.

E ora, dopo una bella doccia calda, eccomi davanti allo specchio che infilo e poi sfilo una delle mie amate tute, poi metto e tolgo l'unico vestitino che ho nell'armadio, che ormai ha le ragnatele visto il tempo che non lo uso, dopo provo e levo pantaloncino nero e maglietta a maniche corte… finché opto per un classico jeans, magliettina corta e Nike ai piedi: alla fine io sono questa e se non gli piaccio come sono… peggio per lui!

E alla fine esco.

Davvero? Da quanto non succedeva? Da quanto non avevo un appuntamento?

Aspetta, mi dico mentre cammino per una Trastevere che sembra più viva e colorata del solito, non è un appuntamento vero e proprio: è solo un tipo che mi ha invitato a fare un giro. E poi sono sicura che appena lo vedrò mi scenderà tutto.

Invece… metto piede nel pub dove ci dobbiamo incontrare e, appena lo vedo, resto senza parole. Non solo è bellissimo: è vestito come me! Semplice, senza fronzoli. Proprio come il sorriso con cui mi viene incontro.

Superato l'imbarazzo iniziale, la serata procede bene, anche se passo la maggior parte del tempo preoccupata di fare una delle figuracce per cui sono celebre tra i miei amici. Che puntualmente arriva. Siamo quasi verso la fine, quando mi alzo leggermente per sistemare la sedia, ma grazie alla mia goffaggine do un colpo al tavolo e faccio strike, rovesciando la sua Coca e il mio succo in parte a terra e in parte sui suoi pantaloni.

«Nooo, scusami!» dico con le guance più rosse di quelle di Heidi.

«Tranquilla, li ho solo comprati *ieri...*» risponde con un tono strano, che non capisco se sta scherzando o è serio. Almeno finché non scoppia a ridere, e io lo seguo a ruota, sollevata e inconsapevole del fatto che avrebbe passato il resto del tempo a prendermi in giro.

A quel punto, terminate bruscamente le consumazioni, ci facciamo un giro in zona e mi riaccompagna a piedi fin sotto casa. Non so cosa si aspetta, non so cosa mi aspetto. Ma non succede nulla, giusto un bacio sulle guance e un: «Ci vediamo». Eppure, quando la notte mi addormento con la musica nelle orecchie, ho la sensazione che forse l'amore non è così tremendo come credevo.

11

Era da tanto, cioè da sempre, che non mi succedeva di stare così bene con un ragazzo che non fosse uno dei Fantastici, di sentirmi a casa. Come se non fosse un estraneo, ma qualcuno che conosco, con cui sono me stessa da sempre. Senza pensieri. Senza paure. Quasi senza freni. La serata con Daniel è stata davvero speciale, era tanto che non mi sentivo così… così libera.

Quando l'ho raccontato ad Alissa quasi non ci credeva. Come io non credevo a quello che lei ha raccontato a me a proposito di Tony, l'appassionato di film di fantascienza che ha finalmente avuto il coraggio di presentarmi. A scuola, giusto: «Piacere sono Denise», «Piacere sono Tony», ma è già qualcosa, visto quanto è riservata lei su certe cose e che lui non sembra proprio un tipo estroverso, uno che ama stare al centro dell'attenzione, che vuole a tutti i costi farsi notare. Ma per quel poco che ho visto e che mi ha raccontato sono arrivata alla conclusione che anche se non si vedono spesso, dato che lei è sempre in piscina e lui alterna casa e biblioteca, libri e film, rigorosamente fantascienza, è comunque una storia che li rende felici e alla fine è questo che conta.

E poi… chi l'avrebbe detto? Se mi volto e guardo indietro nel tempo, anche solo a un mesetto fa, ci vedo ingurgitare caramelle fin quasi a soffocare, io per sfogarmi di mio padre, lei per prendersi una pausa dalla piscina. Ora lei sta con questa specie di Edward Mani di Forbice e io mi ritrovo sugli spalti di un campetto dall'altra parte di Roma non per vedere una partita della Magica ma del Tor Tre Teste, la squadra di Daniel.

È stato lui a invitarmi. Cioè, più o meno. Dopo avermi accompagnato a casa, ha detto solo: «Mi farebbe piacere rivederti, cosa ne dici?». Sono stata io a dirgli: «Vengo a vederti giocare». In fondo, il calcio mi piace e il campo è un luogo neutro, non troppo intimo né impegnativo.

All'inizio non sembrava molto convinto, invece… eccomi qui, su una tribuna di ferro tenuta insieme per miracolo in compagnia di uno sparuto gruppo di tifosi della squadra di casa. Tutti uomini, tutti con la pancia, tutti apparentemente laureati in Palloneria, visto che da quando la partita è cominciata non smettono di dare indicazioni all'allenatore, che per sua fortuna è in panchina dall'altra parte del campo. Oltre ovviamente a contestare ogni decisione dell'arbitro, comprese quelle a loro favore, e parlare incessantemente con il guardalinee, che infatti tende a gravitare il più possibile lontano dalle tribune.

Poiché non è una partita decisiva ed è reduce da un infortunio, l'allenatore ha deciso di tenerlo fuori in via precauzionale: Daniel non se lo aspettava e appena l'ha scoperto si è scusato un miliardo di volte per avermi fatto venire fin qui per niente.

Non me la sono presa, anche perché sono stata io a decidere di farlo e anche se non è l'Olimpico mi godo comunque lo spettacolo, non la partita ma Daniel seduto in panchina, con la pettorina gialla e il pallone tra i piedi. Mentre gli altri panchinari accompagnano quasi fisicamente le azioni e le commentano senza sosta, lui se ne sta in un angolo e mi cerca continuamente con gli occhi. E fa il pagliaccio, facendo di tutto per farmi ridere. Quando l'allenatore agita le braccia gli fa il verso alle spalle, ben attento a non essere sgamato. Quando un suo compagno sbaglia a porta vuota si alza in piedi e inizia a urlare manco fosse il Derby. E al gol degli avversari, con i miei vicini di tribuna che esultano neanche fosse la finale dei mondiali, si rotola a terra in preda alla disperazione.

Quando alla fine del primo tempo la squadra si dirige verso gli spogliatoi, allunga la strada e viene davanti alla tribuna, a parlarmi attraverso la recinzione.

Mi domanda come va, se sto morendo di noia.

«No, no» mento spudoratamente. «Avevo proprio voglia di vedere una partita tra perfetti sconosciuti...»

«Te l'ho detto, non sapevo che sarei stato in panca...»

«Ma non ve lo dice prima?»

«Lascia stare, è una lunga storia. Comunque ti prometto che il secondo tempo sarà molto meglio!»

«In che sens...» Nemmeno il tempo di finire la frase che è già corso via.

E in effetti all'inizio della ripresa me lo ritrovo direttamente in mezzo al campo. Con la maglietta infilata nei pantaloncini che tiene ben alti in vita e i calzettoni su fino al ginocchio: un figo, mi sento pensare. E l'ammirazione cresce quando la partita ricomincia. Daniel si piazza a centrocampo e con quelle gambe muscolose che si ritrova fa sentire tutto il suo peso.

Passa, contrasta… è come se con lui in campo ci fosse un'altra squadra. Attaccano. Giocano veloci. Gli passano sempre il pallone, e se non glielo passano se lo va a prendere. Picchia tanto e viene picchiato. Ma non parla, non protesta. Cade e si rialza. Fa cadere e dà la mano. E quando prende palla a centrocampo e parte in progressione sembra che lasci un solco nell'erba. Lo notano anche i tifosi avversari che commentano tra loro: «Quello è forte, è un'altra categoria». E la cosa assurda è che mi fa piacere, cioè mi sento proprio orgogliosa, manco fossi io a correre e scivolare sul campo.

«Quando hai cominciato?»

«A dire il vero non ho un ricordo dove non ci sia un pallone…»

Dopo la fine della partita ho aspettato che si facesse la doccia e si cambiasse, e ora siamo scomodamente seduti al tavolino di plastica del centro sportivo. Lui, con un cappellino con visiera sui capelli ancora bagnati e accanto ai piedi il borsone mezzo aperto, beve la solita Coca, io il mio classico succo alla pesca. A mano a mano che escono dagli spogliatoi i suoi compagni ci passano accanto, gli danno un cinque guardandolo divertiti come a dire: "Non ce la presenti la tua ragazza?!” e se ne vanno, finché restiamo solo io e lui, più i ragazzi che devono giocare la partita successiva.

«Be’, complimenti, sei proprio forte. Secondo me dovresti farlo seriamente, anche a livelli più alti.»

«No, no, per carità, ci manca che ti ci metti pure tu…»

Lo guardo come a dire: “In che senso?”.

«È da quando ho cominciato che i miei genitori mi rompono con ’sta storia che devo giocare seriamente, che devo diventare un calciatore…»

«E ti lamenti? In genere spingono per farti diventare dottore, avvocato…»

«Già, ma loro sono proprio ossessionati. Vuoi sapere perché oggi ho cominciato in panchina? Perché mio padre ha chiamato l’allenatore e gli ha detto che, avendo preso una botta in allenamento, era meglio non rischiare visto che a fine anno vuole portarmi a fare un provino con una squadra importante. Non ti dico il casino che ho dovuto fare per entrare nel secondo tempo…»

«Vabbè, si preoccupa per te, che male c’è?»

«C’è che è così da sempre, da quando ero bambino e veniva al campo e non faceva che parlare ininterrottamente dagli spalti, discutere con gli altri genitori, dare suggerimenti al mister…»

Quello che mio padre non ha *mai* fatto, dico tra me e me.

«Ecco, pensa che io non avevo solo lui, ma anche mia madre. Adesso, per fortuna, non vengono quasi mai, ma non parlano d'altro: "Ti sei allenato? Hai riposato? Cos'hai mangiato?". Come se in ballo non ci fosse la mia vita ma la loro» dice, e per la prima volta da che lo conosco i suoi occhi diventano più trasparenti, quasi da poterci leggere dentro. «Nessuno mi ha mai chiesto: ti piace giocare a calcio? È questo che vuoi fare nella vita?»

«Non è così?!»

«No, sì… cioè, non so. Il calcio mi piace, a chi non piace? Ci tengo a far bene e tutto il resto, solo che…»

«Che…»

«Che per me è un gioco, un passatempo. Ma voglio fare altro.»

«Cosa?»

«No, mi vergogno, dai…» fa, abbassando gli occhi, con un sorriso timido.

«Avanti…» insisto mentre si sentono le prime grida dal campo: è cominciata la nuova partita.

«Il cuoco.»

«Tu?!»

«Ecco, lo sapevo…»

«No no, scusa, solo che non me lo aspettavo... Invece è bello, ci sta.»

«Mmm... secondo me, stai mentendo: di' la verità, pensi sia una cosa da sfigati.»

«Per niente» dico sul serio. Poi sospiro: «E poi non c'è niente di più bello che avere una passione, un sogno tutto tuo».

Dopo quella partita ci rivediamo. E ogni volta che succede il tempo vola. Il fatto è che con Daniel sto bene, sono felice sia che siamo soli sia che siamo in compagnia. Qualche giorno fa, per dire, è venuto al Muretto, io ero un po' preoccupata, era la prima volta che ci portavo qualcuno, un ragazzo intendo, e invece... Manuel, appena l'ha visto, gli è andato incontro e l'ha abbracciato, ricordando i tempi di Rimini, e mentre parlavano, quando lui era girato, Manuel continuava a guardarmi e a fare le smorfie e le facce da stupido. E poi Marco, appena ha capito che giocava a calcio seriamente, l'ha messo all'angolo, informandosi sulla sua squadra, se ci fosse modo di giocare con loro perché la sua gli sta stretta e, nonostante in fondo sia un po' impedito, ambisce a questo e quell'altro, e stavolta era Manuel a guardarmi e farmi smorfie, più che altro a chiedere aiuto.

L'aspetto che mi piace di più è che non è il classico bello che non balla, il montato che non fa che dirti quanto è figo, al contrario. Aveva ragione Manuel: è uno che le cose devi tirargliele fuori, che non regala niente. Tipo questa cosa della cucina, che è molto più di un sogno: è qualcosa di molto concreto, per cui lotta e si sbatte ogni giorno. Mi ha raccontato che i suoi l'hanno iscritto all'alberghiero convinti che gli bastasse, che frenasse la sua passione e la sua voglia di farne un lavoro, ma non è così, anzi: e ne ha sempre di più. Così ha cominciato uno stage in un ristorante di carne e pesce, ma di nascosto, roba che se i suoi lo sapessero, se sapessero che salta gli allenamenti per star dietro ai fornelli, gli verrebbe un coccolone. L'unico a saperlo è suo nonno Alberto, che poi è quello che lo ha aiutato a trovare lo stage grazie ad alcune vecchie conoscenze: quando parla di lui gli si illuminano gli occhi ed è come se non si riferisse a un uomo di sessanta e passa anni ma a un ragazzo, a un amico. Ma anche qui… racconta e poi si ferma, dice e non dice. E ogni volta che sta per aggiungere quel qualcosa… si chiude a riccio, torna indietro.

E anche se un po' mi spiace, al tempo stesso questa cosa mi piace. Perché la capisco, perché succede anche a me. Anche quando siamo insieme. A volte ho la sensazione che abbia trovato la chiave per farmi aprire, per farmi mettere in gioco. Ma poi, come lui, mi richiudo. È un mio classico, la mia firma. Datemi i miei amici e divento la persona più estroversa e scema del mondo. Datemi un ragazzo e alzo il muro, mi chiudo come il finestrino della macchina, piano piano ma inesorabilmente. Lascio giusto uno spiraglio per respirare, anche se so che così, prima o poi, l'aria finirà.

Ma, per ora, quello spiraglio mi basta. E a volte mi fa paura, mi dà l'impressione di perdere il controllo. Come la volta che stupidamente gli ho chiesto delle sue ex.

Eravamo in spiaggia, che dal primo incontro è diventata il nostro posto, e il discorso è venuto fuori da solo. Io non è che avessi molto da raccontare: ho avuto tipo due storie ed entrambe molto brevi, roba che non ti lascia niente, che avresti subito voglia di dimenticare. Lui invece… all'inizio ero incuriosita, lo provocavo, eppure via via che raccontava, che mi parlava di loro il mio umore cambiava. Anche se a nessuna aveva detto «ti amo», mi dava fastidio l'idea che avesse avuto tante storie, odiavo l'idea di Daniel con un'altra. Cioè per la prima volta in vita mia ero gelosa di qualcuno che non fosse mio padre, Alissa o uno dei

Fantastici. Ma intanto continuavo ad ascoltare facendo finita di niente, o almeno tentavo.

Perché poi lui se n'è accorto e mi ha chiesto se fossi gelosa, e io ovviamente ho negato. Ma lui non ha mollato la presa e ha iniziato a stuzzicarmi, a prendermi in giro e più facevo l'offesa più si divertiva, più dicevo: «No», più diceva: «Sei gelosa!», fino a che ha cominciato a farmi il solletico e abbiamo attaccato a ridere e ridere e rotolarci nella sabbia e... ci siamo trovati faccia a faccia, occhi negli occhi, con le labbra a un soffio di distanza.

Ma poi l'ho spinto via e mi sono liberata. E siamo rimasti lì, in riva al mare, a goderci il suono delle onde, con le guance rosse dal sole e dall'imbarazzo.

12

Ma poi succede.

Sempre sulla spiaggia di Fregene.

Succede dopo una giornata semplicemente perfetta. Così semplice e stupenda che non poteva che finire così.

L'idea era trascorrere qualche ora al mare. Stare in spiaggia, godersi il sole e quel vento primaverile che lo rende due volte più piacevole. All'inizio avevo pensato di invitare anche Alissa e Tony ma poi mi sono detta che forse era un po' troppo, che avrebbe fatto troppo uscita a quattro e non mi andava di rovinare tutto, di spaventare lui, e neppure me. Così siamo partiti noi due soli, e già dalla mezz'oretta di treno ho capito che era la scelta migliore, che la primavera non era solo fuori ma anche nello scompartimento, tra di noi. Abbiamo viaggiato l'uno accanto all'altra e ogni tanto, quando c'era qualcosa che volevo mostrargli sul telefono, lui si avvicinava e ogni volta era una piccola emozione. Il suo profumo Calvin Klein, le sue mani che sfioravano le mie... A un certo punto ho preso coraggio e ho appoggiato la testa sulla sua spalla, e sono rimasta così per un po', a guardare il mare che ci scorreva accanto, che si agitava dentro.

Essendo un sabato di sole era scontato che la spiaggia fosse piena. Così abbiamo camminato con i piedi in acqua fin quando abbiamo trovato un angolino libero non troppo lontano dal bagnasciuga, abbiamo steso l'asciugamano e ci siamo seduti, lui a petto nudo con i jeans corti strappati, io con un paio di pantaloncini, la parte sopra del costume e i miei grandi occhiali da sole, due lenti rotonde che quasi mi coprono la faccia, la «Mosca», mi chiama Manuel quando li uso.

Davanti a noi, sul bagnasciuga c'era un gruppo di ragazzini, di quelli che con i loro schiamazzi, le urla e le uscite sceme ti possono distruggere la giornata. E noi? Zen, impassibili. E anche quando la loro palla stava arrivando per la decima volta dalle nostre parti, sollevando l'inevitabile nuvola di sabbia... Daniel era tranquillissimo. Ha allungato il piede e l'ha intercettata prima che cadesse. Poi, sempre palleggiando, si è messo in piedi, se l'è passata tra destro e sinistro, infine, voltandosi verso di me e facendo l'occhiolino, gliel'ha passata di tacco, lasciandoli a bocca spalancata, così aperta che ci sarebbe entrato un pugno, quello che gli avrei volentieri dato per tutto il casino che avevano fatto fino a quel momento.

«Cavolo se ci sai fare...» ho commentato, tentando di non far vedere ai pischelletti che ero stupita tanto quanto loro. «Se cucini bene quanto giochi a pallone hai un futuro assicurato...»

«In realtà con la cucina è un po' diverso» ha ammesso. «Con il pallone... non so, mi è venuto facile da subito. Calciare, scartare... è sempre stato naturale, proprio come gattonare e poi mettermi in piedi. Invece la cucina è stata una scelta imprevista, un colpo di fulmine, qualcosa che di punto in bianco è entrato nella mia vita. Hai presente quando senti una canzone e non riesci più a togliertela dalla mente? Per me è stato lo stesso con la cucina: un giorno ho visto *MasterChef*, come i concorrenti mescolavano tutti quegli ingredienti, come sfilettavano il pesce, usavano il forno... e mi sono detto: voglio farlo anch'io. E mi ci sono messo. Per prima cosa con le crêpe: un'ossessione. Ho passato un periodo, tipo in prima o seconda media, che non facevo altro: vedevo mio padre passare per il corridoio e gliene preparavo una, vedevo mia mamma seduta sul divano e uguale, mio fratello pure. Loro, all'inizio, erano divertiti e si guardavano come a dire: "Passerà". Perciò quando ho detto che volevo iscrivermi all'alberghiero ci sono rimasti. Ma hanno acconsentito, convinti che mi sarebbe bastato. Invece per me era solo l'inizio. Come ti ho detto, l'unico che l'aveva capito è stato mio nonno, infatti è stato lui a propormi di fare lo stage. Un ristorante vero, una cucina professionale dove avrei potuto apprendere i segreti del mestiere… capisci? Era una grande occasione, non avrei mai potuto lasciarmela sfuggire. Invece i miei hanno subito detto: "No, non se ne parla, vai già all'alberghiero e questo è un anno importante per te con il calcio, non puoi permetterti altre distrazioni". Ma nonno, che è un grande, se n'è fregato e mi ha mandato comunque, senza dirglielo. Perciò una volta alla settimana prendo il borsone da calcio ma invece di andare al campo per gli allenamenti vado lì a osservare, aiutare, impiattare e cucinare pietanze con l'aiuto dello chef.»

«Scusa, ma perché non glielo dici? In fondo è solo un giorno alla settimana…»

«Te l'ho detto: sono fissati. Non capirebbero mai. Anzi, sarebbero capaci di farmi smettere.»

«Non so...» gli ho detto io che sono l'esempio peggiore del mondo, visto che non parlo con mio padre da settimane e con mia mamma non è che vada molto meglio. «Secondo me dovresti, sono sicura che ti sentiresti meglio.»

Poi, però, visto che mi sono resa conto che era un discorso che gli faceva male, che lo stava intristendo, ho lasciato perdere e gli ho detto che comunque fa bene a seguire la sua passione, che quando è così forte è giusto tentare di realizzarla in ogni modo. E gli ho raccontato della danza. Del fatto che proprio come lui con il pallone anch'io da piccola ballavo sempre, che era una cosa naturale, spontanea, ma che per fortuna è rimasta la mia passione, tanto che adesso ci stiamo preparando per l'Hip Hop International, che per me sarà davvero una giornata cruciale. E quando lui ha detto: «Wow, voglio troppo venire a vederti!» mi sono quasi commossa. Cioè, credo sia stata la prima volta nella mia vita che qualcuno l'ha detto, che è sinceramente interessato a una mia esibizione. Mamma qualche volta è venuta, ma più per dovere che per voglia, Alissa è sempre impegnata con la piscina e i Fantastici... va bene tutto ma la danza non è proprio cosa loro. «E tuo padre?» mi ha chiesto.

«Lasciamo stare, va. Non fa proprio per lui: è venuto una volta e ha dormito tutto il tempo, mi è bastato.»

«Magari è colpa dello spettacolo, magari stavolta...»

«No, davvero» l'ho interrotto. «È della stessa pasta dei tuoi: è una battaglia persa.»

Il pomeriggio è trascorso così, tra la playlist dei nostri vicini, che spaziava da Zucchero a Renato Zero, un gelato con doppia panna per entrambi, il sole che piano piano ha cominciato a tramontare e la luna che prendeva il suo posto in un cielo così azzurro che sembrava mare. Tutto troppo bello per finire.

«A proposito di cibo...» ha detto lui, rimettendosi la maglietta. «Conosco un posto carino qui vicino, cosa ne dici di restare per cena?»

Il posto non era carino: era fighissimo, uno di quei ristoranti superchic dove si mangia da dio e ti trattano da signori, tanto più che Daniel conosceva il proprietario, un amico di vecchia data del nonno, e c'hanno trovato un tavolino per due proprio in riva al mare. Ed è stato lì, dopo che il cameriere, scostando la sedia per farmi sedere, ha detto a Daniel: «Complimenti per la fidanzata», gettandoci in un imbarazzo grande come il mare, che gliel'ho detto, che ho confessato: «Prima di cominciare, devo togliermi un peso».

Lui ha alzato gli occhi dal menu, rivolgendomi uno sguardo preoccupato.

«Non credo ti farà piacere.»

Lui muto.

«Ma penso sia meglio che la sappia.»

«Cosa...?» gli è uscito con un filo di voce.

«Io sono dipendente dai Chicken McNuggets di McDonald's.»

Lui è scoppiato a ridere divertito.

«Mi hai fatto preoccupare, anche se è una cosa grave rimedieremo, già mi ero immaginato il peggio.»

Nonostante la mia confessione, la cena è stata squisita: crudo di pesce con scampi, gamberi e carpacci di spigola come antipasto, due risotti alla crema di scampi, che abbiamo scoperto di amare entrambi, sorbetto alla pesca per me e al limone per lui.

Quando siamo usciti è bastato guardarci negli occhi per capirlo: non era ancora il momento di tornare a casa. Andare in stazione, aspettare il primo treno... No, per concludere in bellezza dovevamo farci almeno un ultimo giro sul lungomare, con la luna che ora non era più sola in cielo ma circondata da un miliardo di piccole stelle. E mentre camminavamo accompagnati da un vento leggero mi è venuto naturale avvicinarmi a lui e mettere la mano nella tasca dei suoi jeans, dove c'era anche la sua. E ho percepito uno scatto, un irrigidimento, come se fosse a disagio e volesse tirarla via. Invece l'ha tenuta. E abbiamo cominciato a camminare così, mano nella mano nascoste in tasca mentre su di noi il cielo continuava a brillare, come se le mie amate stelle, che non mi avevano mai lasciato sola, fossero lì a sostenermi e a darmi coraggio anche in questa occasione.

Ed è ora che succede. Che sento qualcosa dentro che non ho mai provato, e che per lui è lo stesso. Sento che vorrei abbracciarlo. Che vorrei baciarlo.

Eppure non riesco. Ho paura di un rifiuto, mi sento quasi in imbarazzo. E se non vuole? Se pensa che sto correndo? E proprio mentre la mia testa è impegnata in tutti questi "se"mi sfila la mano, la stringe e mi gira delicatamente verso di lui. È più alto di me, perciò alzo gli occhi per trovare i suoi. Poi si abbassa, i suoi occhi si avvicinano ai miei. Poi li chiude. E io chiudo i miei. Sento le sue labbra sulle mie. Sento il suo sapore, il suo calore. Sento il suo abbraccio, il suo cuore contro il mio. Anche con gli occhi chiusi sento tutte le stelle su di noi. Tutte le stelle dentro di noi.

13

Il bacio è stato bellissimo.

Per come è arrivato. Per dove è arrivato, tra il mare e le stelle. E perché entrambi lo volevamo da morire. È stato come mettersi le cuffie e trovare esattamente la canzone che avevi voglia di sentire. Come affacciarsi dal Gianicolo, guardare Roma ai tuoi piedi e sentirla parte di te. Come l'abbraccio di un padre quando sei bambina e hai paura.

È stato bellissimo.

Ma non ha cambiato niente.

Non è che l'attimo dopo ci siamo messi insieme.

L'attimo dopo ci siamo dati un altro bacio e un altro ancora, e in treno abbiamo continuato fin quando non mi ha messo il braccio intorno al collo e ha lasciato che mi addormentassi con la testa sul suo petto.

Ma non è che i giorni seguenti abbiamo cominciato a girare mano nella mano, a stare appiccicati tutto il tempo o a mettere lucchetti a Ponte Milvio.

Ovviamente da quel momento le cose sono cambiate, ci vediamo più spesso e nonostante sia allergico a social e messaggi ci scriviamo ogni sera, ma ci andiamo cauti. Ognuno porta dietro le sue ferite, le sue debolezze, la sua storia. Io con la mia paura dell'amore, di buttarmi e stare male. Io così lunatica e ribelle che l'idea di un legame mi fa soffocare. Così testarda che ho imparato a contare solo su me stessa, ad aiutarmi da sola. Io che ho sempre camminato senza che nessuno mi indicasse la direzione, che ho imparato a superare gli ostacoli facendo affidamento solo su me stessa. Che ho capito che piangersi addosso non serve a niente e nessuno ti salva se prima non lo fai tu. Io che in questi sedici anni ho imparato a credere in me stessa perché solo così sono riuscita ad andare avanti, a credere nella mia bontà e allo stesso tempo nel mio caratteraccio, nel mio sorridere nonostante tutto e nelle scenate che faccio quando ho la luna storta. Che ho imparato che prima di affrontare il mondo devi affrontare te stessa, devi avere il coraggio di guardarti dentro perché solo così impari a incassare i colpi del destino e a restare in piedi quando il vento soffia più forte.

Lui che è riservato di carattere, che non ha mai detto: «Ti amo» ma neppure: «Ti voglio bene». Lui che non regala niente e non mostra facilmente quel che prova, che bisogna guadagnarsi la sua fiducia. Lui che essendo bello può sembrare il classico che se la tira quando invece è solo chiuso e ci mette tanto a sbloccarsi con le persone, e anche con me.

Tuttavia ci piacciamo molto. Lo sento, lo sentiamo. Soprattutto sentiamo che possiamo fidarci l'uno dell'altra, che i muri che abbiamo alzato non servono più, che giorno dopo giorno cadono da soli, permettendoci di scoprire il tesoro che nascondevano, ciò che proteggevano. Ciò che l'altro ti può insegnare.

Quando lui mi dice: «Non aver paura, ci penso io a te», io che sono abituata a stare da sola, a mostrare sempre e solo la parte luminosa, sento e imparo a tirar fuori quella più fragile, più personale, che in genere nascondo. E quando un giorno me lo trovo davanti a scuola perché ha discusso con i suoi e l'unica con cui ha voglia di stare sono io, capisco che sta imparando ad aprirsi, a condividere quel suo mondo che finora aveva aperto solo a suo nonno Alberto.

Così viviamo la nostra storia, come due magneti che prima si avvicinano e poi si respingono, come due parallele che si sfiorano appena.

I primi giorni penso: che strano farlo entrare nella mia vita. E che strano entrare nella sua.

Poi, però, succede che lo facciamo in contemporanea, che finalmente le nostre vite si intrecciano. Ed è tutto merito suo, che mi spalanca la porta del suo mondo con un messaggio: *Cosa ne dici se la prossima cena la preparo io?*

Bello! rispondo d'istinto. *Ma… come facciamo? Cioè dove?*

Da nonno Alberto?

Mi coglie di sorpresa. Andare da suo nonno significherebbe entrare due volte nel suo mondo, non solo conoscere come cucina ma anche chi lo rende possibile, chi lo sostiene, chi, per lui, è probabilmente la persona più importante. Visto che ci metto un po' a rispondere è lui che riprende: *Perché non lo dici a Manuel?*

Se lo dico soltanto a lui gli altri non me lo perdonerebbero mai…

Allora dillo a tutti: sarà divertente cucinare per i Fantastici 5!

Sicuro? domando leggermente preoccupata, ripensando all'ultima volta che siamo stati fuori a cena, quando abbiamo creato un disastro tale che ci hanno cacciato…

È iniziato tutto per colpa di Checco, che ha cominciato a tirare pezzettini di pane a Chicco, che invece di mangiare era chino sul cellulare e si è vendicato colpendo Checco ma anche Marco, il quale, sempre in fissa sui vestiti, ha ricambiato colpendo i due e anche Manuel, che ha coinvolto anche me, e siccome la mollica non era sufficiente siamo passati ai bastoncini degli arrosticini, ai pezzetti di mozzarella rimasti dal supplì... Insomma, sinceramente non so quanto sia una buona idea portarli tutti a casa del nonno di Daniel. Ma non importa, stavolta sarà diverso, mi raccomanderò all'infinito perché facciano i bravi. E accetto l'invito: *Venerdì alle 8, aggiudicato.*

Casa di nonno Alberto è a Campo de' Fiori, al piano terra di una palazzina dietro alla piazza, dove di mattina c'è un gran chiasso a causa della marea di persone che si reca al mercato.

Ci arriviamo tutti insieme a eccezione di Checco, che ha sfruttato l'occasione per fare un po' di parkour e dopo aver corso per Ponte Sisto, aver saltato le scale di templi e chiese ed essere sfrecciato tra i tavolini all'aperto di Campo de' Fiori si è presentato persino in anticipo, sfruttando l'attesa per asciugare il sudore e cambiarsi la maglietta: quando lo raggiungiamo è lindo e tirato come un bambino alla prima comunione.

Però non c'è paragone rispetto a Chicco, che sembra dover andare a un evento di gala: tutto tirato, quasi elegante, ha preso in parola la mia richiesta di farmi fare bella figura. D'altra parte lui è così: una volta che mette da parte videogiochi e fumetti tira fuori il suo grande cuore, la sua gentilezza. Invece della solita tuta indossa una camicia a maniche corte sul bluastro e dei jeans appena stirati, ha i capelli tirati indietro con mezzo chilo di gel e lacca, e profuma d'acqua di colonia a distanza di metri. Nonostante queste piccole esagerazioni mi è andata bene, perché lui è davvero imprevedibile. Elegante come stavolta, casual, emo, monocolore… con Chicco non sai mai cosa aspettarti, come quando si è presentato all'esame di terza media vestito da Detective Conan, con gli occhiali rotondi, lui che non ha alcun problema di vista, una giacchetta blu recuperata chissà dove e il papillon rosso.

Quando suoniamo il campanello è proprio nonno Alberto ad aprirci. È un uomo robusto sulla sessantina, con i capelli bianchi e gli occhi scuri come Daniel, e indossa una camicia di flanella, semplice e ordinata come l'ingresso di casa, giusto un appendiabiti, una natura morta incorniciata, appesa un po' storta, e un particolare che attira subito la mia attenzione: un gagliardetto bianco e azzurro con un'aquila nel mezzo, che qui a Roma non è che possa dar luogo a fraintendimenti ma ha un significato ben preciso, riassumibile in cinque lettere che solo a pronunciarle nella mia mente mi sento male: L-a-z-i-o; e mentre ci presentiamo stringendoci le mani mi rendo conto che non sono l'unica ad averlo notato, c'è chi l'ha presa molto peggio di me: Marco, che da quando l'ha messo a fuoco non si è più mosso, una statua di sale con il cuore che sanguina bile. «Tranquillo» sussurro, ma più di un sussurro è una supplica disperata, mentre nonno Alberto ci fa strada. «Per una volta puoi fare un'eccezione e provare a essere gentile anche con un laziale.»

«Per una volta...» ripete palesemente scosso. «Solo per una volta...»

La cucina, un tavolo di legno con le gambe tarmate e la tovaglia di plastica a quadrettoni rossi e bianchi, una credenza di un colore indecifrabile e una porta-finestra che dà sul terrazzo, è invasa da pentole, salse, bottiglie e non si capisce cosa: non abbiamo neppure tempo di capirlo perché Daniel praticamente ci caccia, chiedendo al nonno di farci accomodare in salotto, dove hanno già apparecchiato.

«Non c'è niente da fare» commenta lui prendendo posto proprio al mio fianco. «Quando è ai fornelli è come se gli altri non esistessero. E la cosa buffa è che se è lì ed è tutto preso è proprio per fare felici gli altri...»

Tempo di finire la frase ed eccolo tra noi: con la fronte sudata e un grembiule improbabile, Daniel inizia la sua danza, avanti e indietro dalla cucina, cominciando con un vassoio di... chicken nuggets?!

«Non ci credo!» dico tanto sorpresa quanto affamata, mentre i miei amici ci hanno già infilato le mani, a parte Chicco che, ispirato dal vestito, è l'unico che usa la forchetta. «Pensavo di essere al cospetto di un grande chef, invece...»

«Aspetta e vedrai» fa lui, prima di scomparire in cucina.

E ogni volta che torna ci lascia a bocca aperta, pronti a richiuderla immediatamente sulle squisitezze che ci porta: mozzarelline di bufala, ovetto al tartufo e fettine di prosciutto crudo, carbonara cucinata alla perfezione con guanciale e una bella spolverata di pecorino e per finire un ottimo gelato al pistacchio con una spruzzata di cioccolato che mi sforzo di mangiare perché Daniel ancora non sa che odio il pistacchio...

Ed è solo alla fine della cena che Daniel si leva il grembiule e si unisce a noi, mentre Marco, una volta scoperto che nonno Alberto non è un semplice tifoso ma ha quel gagliardetto perché lui nella Lazio ci ha proprio giocato, non gli dà tregua, chiedendogli *tutto* a proposito dei suoi anni da calciatore.

«Rega» dice Checco che è stato insolitamente silenzioso tutta sera, «ho bisogno di un consiglio.»

«Cosa?» chiede Daniel incuriosito, mentre Manuel, Chicco e io abbiamo una pessima sensazione.

«Mi ha scritto.»

«Chi?» ancora Daniel.

Noi non ne abbiamo bisogno: lo sappiamo già.

«Mi ha chiesto di vederci per un caffè.»

«Ma chi?»

«E tu?» chiediamo noi tre all'unisono, senza badare alla curiosità del povero Daniel.

«Non le ho ancora risposto...»

«Non farlo!» dice Manuel bruscamente.

«Magari potreste aspettare ancora un po'» fa Chicco un po' più conciliante.

«Scusate» interviene Daniel con tutta la sua ingenuità, «si può sapere di chi diavolo state parlando?»

«Della sua ex» rispondo secca, senza levare gli occhi da Checco. E visto che so quanto ha sofferto, quanto l'ha fatto uscire di testa e quanto ora sia finalmente felice aggiungo: «Una stronza, la prova vivente che non bisogna fidarsi delle persone. Che non bisogna credere nell'amore perché prima o poi ti frega».

Daniel mi guarda sorpreso, poi abbassa gli occhi. Non ce l'avevo con lui, mi spiace se c'è rimasto male. Ma l'amore è una fregatura, ripeto.

«Sbagli, cara Denise, l'amore non è una fregatura» interviene nonno Alberto, che intanto è riuscito a sfilarsi dall'interrogatorio di Marco. «Io sono stato sposato per trentaquattro anni e da quando mia moglie non c'è più la mia vita ha perso senso. È come svuotata. Per fortuna c'è questo ragazzo qui» dice con gli occhi pieni d'amore e d'orgoglio, rivolto a Daniel. «Ma anche se mi ha fatto soffrire non c'è niente di più bello. E io non ho alcun rimpianto. L'amore è comunque una cosa meravigliosa, un sentimento puro e dolce, uno spiraglio di luce in questo mondo nero, una notte stellata che rende magico il cielo.»

14

Una sera di quasi estate.

L'ennesima discussione con mamma.

Il motivo? Non lo ricordo neppure. Tanto è sempre la stessa storia: lei sta tutto il giorno in ufficio e quando torna a casa vorrebbe che ci comportassimo come una famiglia perfetta, di quelle che vedi nelle pubblicità.

Peccato non sia così.

Eppure insiste, fa finta di niente, si comporta come se fosse tutto normale, se non potessimo vivere meglio di così. Tanto che a volte mi chiedo se ci è o ci fa, se lo crede veramente o semplicemente se la racconta. Perché l'assenza di papà, ora che è una costante, si sente o almeno io la sento eccome.

In fondo tra i due è quello con cui ho sempre avuto più affinità, sia d'aspetto sia di carattere. Quand'ero bambina ogni cosa era «papà», e non a caso è stata la prima parola che ho pronunciato. Forse non ha il carattere più semplice del mondo e quando gli girano è meglio starci alla larga, ma nei miei confronti è sempre stato dolce e a suo modo presente: è con lui che ho imparato ad andare in bici, a nuotare e a giocare a carte, è con lui che cucinavo quando facevamo le braciolate in famiglia oppure andavo a pescare, la sua grande passione che io condividevo più che altro per ritagliarci del tempo da soli. Ed è con lui che ridevo come una matta quando disturbavamo mamma e lei, la persona più permalosa di Roma e dintorni, si arrabbiava e allo stesso tempo cercava di restare concentrata su quel che stava facendo, mentre le orecchie le fumavano dal nervoso. La realtà è che ciò che mi ha fatto più soffrire della separazione è che lui se ne sia andato e io sia rimasta con lei. Non dico che mi sono sentita rifiutata, ma quasi. Di sicuro è stato come se mi avessero tolto una parte di me, la più preziosa, la più ingenua e luminosa.

Ormai mamma e io abbiamo imparato a gestirci, a sopportarci. Lei ha imparato – o almeno sta provando – a lasciarmi i miei spazi, il mio bianco e nero, io a gestire la mia impulsività, a contare fino a dieci e a ripensare a tutto quel che ha fatto per me prima di reagire.

Ma a volte succede.

Magari lei è nervosa di suo, magari io mi sono svegliata storta e basta niente perché esplodiamo. E a volte capita che andiamo oltre, che la cattiveria prenda il sopravvento, come poco fa quando, durante una banale discussione, le ho rinfacciato di aver lasciato che papà se ne andasse, di non averlo fermato. E lei ha risposto per le rime, anche peggio, dicendomi che se n'era andato per colpa mia, che «la maggior parte delle nostre litigate sono avvenute solo e soltanto per causa tua».

Così. In pieno volto.

Knockout, come direbbe Manuel, interruzione immediata e senza appello dell'incontro. Quando un pugno ti colpisce così forte che è un miracolo se resti in piedi. Quando una botta fa talmente male che hai bisogno di qualcuno per non finire al tappeto.

Così, ferita e stordita, mi sono chiusa in camera e mi sono messa sul lettone, tra i miei mille cuscini e Macchia e Mirtillo, i miei due orsoni, a guardare la parete. Ed è passato un secondo prima che mi rendessi conto che c'è solo una cosa di cui ho voglia, che mi può far bene: Daniel.

Giorno dopo giorno è diventato più importante. È la prima persona a cui penso quando sono triste e la prima quando sono felice. L'unica di cui ho bisogno, la sola con cui riesco ad aprirmi.

Perciò lo chiamo.

Ma il telefono squilla a vuoto.

Riprovo dopo cinque minuti: niente, di nuovo.

Altri dieci minuti e… dopo diversi squilli risponde. Un «ciao» freddo e distaccato. Quando l'unica cosa che vorrei, ora, è la sua dolcezza, il suo calore.

Gli racconto della discussione con mamma, gli dico: «Sono triste».

Lui è assente, lontano, non dice niente.

«Ehi, ci sei? Tutto a posto?»

«Ho litigato con i miei.»

«Mi spiace…»

«Fai bene a dispiacerti perché è colpa tua» replica secco.

«Colpa mia?» ripeto, mentre sento una specie di fitta al cuore.

«Gli ho detto dello stage, che sono stufo di allenarmi e soprattutto di fingere. Proprio come mi avevi consigliato.»

«E…?» domando timidamente.

«Lascia stare» risponde, e ho la netta sensazione che stia facendo i salti mortali per non rompere nel pianto.

«Mi spiace…» dico, cercando di rimanere positiva, di non mostrare che in realtà, dentro di me, il cuore batte a centoventimila all'ora. «Cosa ne dici di farci un giro, magari andiamo al Colosseo e…»

«Ma allora non hai capito?» fa lui, con una voce e una durezza che non gli ho mai sentito. «In questo momento ho altro per la testa, possibile che pensi sempre a te stessa? Credi di essere l'unica ad avere problemi?»

«No, è solo che noi…»

«Senti, ho bisogno dei miei spazi, ciao.»

Resto un attimo interdetta. Con il telefono in mano. Macchia a destra, Mirtillo a sinistra. E i pupazzi che mi scrutano dalle mensole sopra la mia testa.

Intontita.

Poi triste.

E arrabbiata.

E quando sono così, in genere, prendo la prima cosa che mi passa tra le mani e la butto a terra. E poi la seconda. E poi la terza. E poi urlo e piango e vorrei spaccare il mondo.

Stavolta no. Lancio Macchia a terra, provo a gridare. Ma non cambia niente. E non mi va.

Così mi tiro su dal letto e faccio come ho sempre

fatto fin da bambina, apro la finestra e mi siedo sul pavimento in mattoni del terrazzino. C'è il solito panorama, i soliti palazzoni, il solito cielo nero. Ma è il mio posto, il mio rifugio.

«Tutto bene?» Una voce alla mie spalle: mamma.

«Senti» rispondo d'istinto. «Non mi va di litigare, mi spiace per prima, ma adesso non ho voglia di parlare...»

Non dice niente. Con un po' di impaccio, con la collana di perle che le pende dal collo, scavalca la finestra e si mette al mio fianco.

Restiamo così per un po'. Senza dire una parola. Sedute a terra, una accanto all'altra.

Poi è lei a rompere il silenzio: «Spiace anche a me per prima. Ho detto una scemenza, tu non c'entri niente con la separazione. È una cosa che riguarda solo me e papà. Succede, capita. Quando un amore finisce... finisce. È inutile cercare spiegazioni. L'unica cosa che puoi fare è gestire la fine nel modo migliore, rispettando quello che c'è stato tra di voi, quel che avete condiviso. Ciò che avete sognato, anche se poi avete fallito.»

Mentre mamma parla, con il viso illuminato dall'unico lampione della via che fa sbrilluccicare i suoi orecchini di perle abbinati, mi rendo conto che era da tanto che non succedeva, che non ci fermavamo a parlare, che non stavo davvero ad ascoltarla. Che non avevo voglia di raccontarle quello che mi passa per il cuore: «Sai, mamma» dico osservando un gatto randagio che fruga nella spazzatura dall'altra parte della strada, «c'è un ragazzo che... non so bene cosa sia, ma credo che mi piaccia. Solo che non so se io piaccio a lui. Cioè, fino a pochi minuti fa pensavo di sì, ci siamo anche baciati. Ma adesso abbiamo litigato, mi ha sbattuto il telefono in faccia e ho paura che non mi voglia più vedere...».

Mamma sorride. Non ride: sorride, quell'espressione dolce che solo le mamme conoscono. Quel modo di guardarti che è lo stesso di quando eri poco più di un puffo e le stavi in braccio, a pochi centimetri dal viso, e per te rappresentava il mondo intero, la sola cosa che ti interessava guardare, che ti metteva in pace. Poi annuisce con lo sguardo lontano, come se nella sua testa rivedesse qualcosa.

«Ricordo la prima volta che ho litigato con tuo padre. Stavamo insieme da poco, un mese, al massimo due, e lui voleva portarmi a tutti i costi in montagna per il weekend. Sai com'è, lo conosci: quando si fissa non c'è modo di fargli cambiare idea. Peccato che quel weekend ci fosse un concerto al quale volevo andare a tutti i costi, anche se sapevo che a lui non gliene fregava nulla. E mi conosci, quando voglio una cosa sono anche…»

«… più testarda di lui: confermo.»

«Già…» ammette. «Credimi, non mi sarei persa per nulla al mondo quel concerto. Così abbiamo cominciato a discutere e… per farla breve, abbiamo litigato di brutto e la sera mi sono ritrovata a casa, convinta che la nostra storia fosse già finita. È passato un giorno e… niente, di tuo padre nessuna traccia, neppure una telefonata. Il giorno dopo uguale. Finché è arrivato il sabato e indovina chi ha bussato alla mia porta con due biglietti per il concerto?»

«Papà?»

Mamma annuisce, con un sorriso diverso, felice, e un'ombra di malinconia.

«Ma scusa, che concerto era da essere così importante?»

«Baglioni!»

«Baglioni? E chi è?»

«Non lo conosci? Davvero?»

«Mamma, sono del 2002…»

«Vabbè, che vuol dire? Dovresti conoscerlo comunque. Anche perché ha scritto la *nostra* canzone, quella che papà mi ha dedicato la prima volta che mi ha detto "ti amo".» E poi comincia a canticchiarla. O a canticchiare qualcosa che dovrebbe ricordarla. Ma siccome è stonata come una campana viene fuori un gorgoglio incomprensibile.

«Mamma» intervengo, cercando di terminare quello strazio. «Come hai detto che si intitola?»

«*Questo piccolo grande amore*.»

«Aspetta.»

Poi recupero il telefono e mentre la cerco su Spotify le passo una cuffietta. E restiamo lì, una accanto all'altra ad ascoltarla. Madre e figlia, finalmente in pace, quasi sorelle.

15

Parlare con mamma mi ha fatto bene. Non ha risolto il problema, ma mi ha dato l'occasione per respirare, per non entrare nel loop dei cattivi pensieri, un po' come quando sei piccolo e piangi e piangi, e alla fine non sai neppure perché e ti calmi solo quando ti prendono in braccio. Ecco a cosa servono le mamme: a prenderti in braccio e rassicurarti quando tutto sembra andare storto, quando tutto sembra così ingiusto e incomprensibile da farti paura.

Ma parlare con la tua migliore amica può farti ancora meglio. Non è questione di essere simili, di avere lo stesso carattere o le stesse passioni. Ad esempio, in una marea di cose Alissa e io siamo come il bianco e il nero, la destra e la sinistra, l'opposto l'una dell'altra. Ma l'amicizia va oltre, parla una lingua che se ne frega delle differenze. E se una mamma ti prende in braccio quando cadi o hai paura, l'amica cade e ha paura con te, piange e ride con te. Ti capisce con uno sguardo, e se non ti capisce è comunque con te.

Dopo scuola l'ho accompagnata agli allenamenti in piscina. Che non è casa come il Muretto, ma è comunque un posto dove sto bene. In genere mentre lei nuota me ne sto lì, dietro alla grande vetrata, e piano piano sparisco. Resta solo quello che vedo e che sento. Le luci artificiali, l'aria ovattata, Alissa che va avanti e indietro senza fermarsi se non per scambiare due parole a bordo vasca con l'allenatore, il rumore dell'acqua e delle mani che la impattano, le indicazioni dei vari coach… E intanto scompaiono i pensieri, e la mia testa non è più una stanza disordinata, ma una camera vuota, che posso riordinare. Tuttavia capitano quelle volte che l'incantesimo non funziona, e invece di svanire i pensieri crescono, si complicano, diventano ancora più grandi e confusi.

Quando esce dallo spogliatoio, con i capelli raccolti in una lunga treccia ancora bagnata, capisce subito che oggi è una di quelle volte che dentro di me l'acqua è più agitata che nella vasca, che è proprio un mare in tempesta. Allora al posto della cuffia indossa il cappello da marinaio e senza opporre la minima resistenza lascio che mi conduca nel nostro porto sicuro, che non è un luogo preciso, ma la nostra Roma, la sua infinita bellezza che ci abbraccia quando camminiamo senza meta.

«Shaky» dice guardandomi dritta negli occhi, «che succede?»

Istintivamente, come fosse un'abitudine provo a minimizzare, a far finta di niente: «In che senso?».

«È da quando hai messo piede a scuola stamattina che si vede lontano un chilometro che hai la testa arruffata di pensieri, guarda i tuoi capelli: sembra ci sia stata una guerra.»

Me li tocco, i miei lunghi capelli neri oggi sono dritti e spettinati come quelli di Maga Magò.

Sospiro, lo ammetto: «Daniel».

«Cosa?»

«Abbiamo litigato. Ho paura che sia finita.»

Gli occhi di un'amica dicono tutto. La sua preoccupazione, la sua preoccupazione nei tuoi confronti, il fatto che ora sembri più preoccupata lei di me. Così, mentre continuiamo a camminare senza una direzione precisa, le racconto della telefonata, di Daniel che si è arrabbiato con me a causa dei suoi, che mi ha dato dell'egoista e sbattendomi praticamente il telefono in faccia ha detto che ha bisogno dei suoi spazi.

«Be', ma è normale, anche per Tony è lo stesso!»

«Sì, ma Tony è...» uno sfigato, mi viene da dire, ma

per fortuna mi trattengo «...un tipo particolare, cioè è uno che sta *sempre* da solo, che non farebbe altro che starsene a casa o in biblioteca...»

«Non è vero, *signorina*» mi interrompe piccata, offesa e allo stesso tempo orgogliosa. «Ha promesso che questo weekend mi porterà al cinema a vedere il remake di *Invasion*!»

«Vabbe', magari hai ragione, magari sbaglio a preoccuparmi» riprendo sorvolando su quello strambo programma. «Anche perché in fondo, se ci pensi, è sempre stato lui a cercarmi. Cioè non sono stata mica io ad attaccare bottone in spiaggia, a scrivere il primo messaggio...»

Lei mi guarda convinta, con la faccia di chi la sa lunga. E anche 'sta cosa mi fa strano, nel senso che non capisco da dove arrivi tutta questa sicurezza, dato che tra le due sono sempre stata io l'esperta, quella che sa o almeno fa finta di sapere come funzionano 'ste cose, mentre lei solo a parlarne diventava più rossa di un peperone.

«Allora vedi che ho ragione? È stato uno sfogo, un momento di rabbia, vedrai che tornerà. E comunque, Picky, tu ci tieni, no?»

«A Daniel? Certo.»

«E sei sicura che sia una persona che ti fa bene?»

«Be', sì... perché?», mentre lo chiedo mi vedo riflessa in una vetrina: i capelli per aria, l'outfit sbagliato, compreso il top che fa a pugni con tutto il resto... come risposta è sufficiente.

«Allora, se sei sicura che ti piace e che ti fa star bene... reagisci! Stavolta fai tu il primo passo!»

«Io?»

«Sì, certo, invece di star qui ad autocompatirti datti una mossa, prendi in mano la situazione» dice con un'attitudine che le ho sentito solo prima delle gare, nei minuti prima di entrare in vasca, quando si scorda di tutta le paure e, se la guardi negli occhi, sembra di guardare un'altra persona.

«E cosa dovrei fare?»

Per prima cosa recuperiamo il contenitore. Una semplice scatola di cartone, tipo quelle delle scarpe. Non è complicato perché siamo accanto a una cartoleria superfornita. Dove, già che ci siamo, compriamo della carta da regalo, in modo da coprire il cartone e far qualcosa di carino.

Poi ci servono dei cioccolatini. Fosse per me mi accontenterei dei classici Ferrero Rocher, Baci Perugina... ma Alissa ha ragione: Daniel è un cuoco e i cuochi tengono a certe cose, non posso accontentarmi.

Per fortuna vado a colpo sicuro, nel senso che una volta mi ha parlato per due ore di questo negozietto cui dall'esterno non daresti due lire, ma dentro è tipo la fabbrica di cioccolato di Willy Wonka. Il proprietario è un pasticciere mezzo veneto e mezzo belga che Daniel aveva conosciuto durante uno show cooking all'alberghiero e di cui si era letteralmente innamorato. Ricordo ancora quel giorno, il suo sguardo eccitato dopo quell'incontro. Non l'avevo mai visto così, e mi sembrava due volte strano visto che non è un appassionato di dolci. Parlava di questo pasticciere come di un genio, diceva che era una via di mezzo tra un chimico e un artista, uno che conosceva *tutto* e amava la materia, la pasticceria e il singolo ingrediente, come fosse parte della famiglia.

E in effetti, quando usciamo con un vassoio di cioccolatini di ogni forma e dimensione e ne assaggiamo uno a testa restiamo entrambe estasiaste: profumo, consistenza, sapore… roba da mettere in fila i pasticcieri più famosi.

Infine, come ultima tappa passiamo alla nostra bancarella, quella sotto casa sua, e prendiamo un sacchetto di caramelle gommose alla Cola, per cui lui ha un'autentica venerazione, roba che se potesse se ne berrebbe anche due o più litri al giorno.

A questo punto cosa manca per realizzare il piano che ho elaborato con Alissa?

Le foto, già! Oltre al cioccolato e alle caramelle ho pensato di riempire la scatola con delle nostre foto. Anche se non ne abbiamo tante ci metto comunque due ore a sceglierne cinque, quelle che secondo me ci rappresentano meglio.

Dopo esserci spostate a casa sua, mentre lei si occupa di stampare le foto e preparare la confezione, io mi metto alla scrivania, recupero un foglio, una penna e comincio a scrivergli una lettera. Non sono brava in queste cose, a dire il vero non l'ho mai fatto per nessuno, ma lui è speciale e voglio farglielo capire, voglio spiegargli proprio questo, che a lui ci tengo e non voglio certo diventare un problema.

Solo che… cosa scrivo? "Scusa"? Ma scusa *de che*? Cosa ho fatto di male?

Semmai dovrebbe essere lui a dirlo a me, a scusarsi per aver reagito in quel modo, per avermi sbattuto il telefono in faccia e… ok, calma Denise, fai la brava, abbassa la spada, stavolta non sei in guerra. Ascolta la tua migliore amica: stavolta tocca fare la pace, e tocca a te fare il primo passo, devi solo…

Un messaggio.

Mentre sono lì con la penna in mano e Alissa è seduta a terra che canticchia Ozuna, il mio telefono vibra. Tempo un secondo e ce l'ho in mano. E il secondo dopo… *boom*: è un messaggio su WhatsApp, un messaggio di Daniel!

Metto giù la penna e anche se la testa mi dice: aspetta, ricordati la spunta blu, non fargli capire che sei corsa ad aprirlo… l'ho già aperto.

È un'immagine, una foto. È tutto azzurro tranne un angolo giallo, sembrano sabbia e mare.

Subito dopo arriva un nuovo messaggio: *La riconosci*?

Guardo meglio. «La nostra spiaggia!» esclamo a voce alta, attirando l'attenzione di Alissa, che mi fissa perplessa.

Faccio per rispondergli ma vedo che lui sta scrivendo, perciò mi fermo e aspetto con il cursore che batte e lo sguardo della mia amica addosso.

Ecco, ci siamo: *Ti aspetto*.

Ci fosse il teletrasporto l'avrei già usato.

Ma l'effetto è più o meno lo stesso.

Il secondo dopo aver letto il messaggio afferro il pacco che Alissa stava finendo di sistemare e con carta e penna ancora in mano, e lei che mi chiede: «Tutto bene? Che succede?», sono già sulle scale.

Non sono stata molto gentile, lo so. Era lì per me, ha passato il suo pomeriggio ad aiutarmi e a cercare di farmi stare bene e io la ripago sbattendole la porta di casa in faccia senza un grazie o una spiegazione. Ma ora che sono in treno, così emozionata che non riesco quasi a star seduta figurarsi scrivere qualcosa di sensato, mi rendo conto che non m'importa. Che in questo momento non mi importa di niente che non sia lui. Che è una cosa strana, stupida ed egoista. Ma mi piace da morire. Come mi piace che questo ragazzo riesca a tirare fuori la mia parte più dolce e spontanea, quella bambina che spesso ho dovuto mettere da parte.

Solo quando il treno si ferma in stazione mi rendo conto che la mia maglietta è macchiata di cioccolato. E che vista nel riflesso della porta sembro una via di mezzo tra un barbone e una gattara. Vorrei avere il tempo, cioè la testa per fermarmi, per entrare in un bar, darmi una rinfrescata, mettermi un po' in ordine, magari rileggere la lettera che gli ho scritto… ma il cuore me lo vieta. E mentre cammino veloce verso l'appuntamento il cuore batte all'impazzata, e solo Capo Plaza, che mi accompagna nelle cuffie, riesce a starci dietro.

Una volta sul lungomare lo vedo subito. E lui vede

me. E mi viene incontro, lasciandosi alle spalle la nostra spiaggia. E mentre ci avviciniamo mi sembra di essere in un film. E penso tanto che vorrei che lo fosse, così potrei tornare indietro e rivivere questo momento tutte le volte che voglio.

Ci siamo. Siamo di nuovo nei nostri occhi. Prima di dire qualsiasi parola ci abbracciamo. Ci stringiamo forte. Ci baciamo a lungo, come la prima volta.

Quando ci stacchiamo lui è lì, con i suoi occhi nei miei. Sorride, poi dice: «Devo chiederti una cosa importante».

«Non importa.»

«Come non importa?!»

«Non c'è bisogno che mi chieda scusa perché mi hai risposto male, se sono qui significa che ti ho già perdonato.»

«Ma io non volevo chiederti scusa...» fa più divertito che sorpreso.

Lo scosto via, più offesa che stupita: «Cosa c'è di così divertente?».

«È che volevo chiederti un'altra cosa...»

«Cioè?» domando spazientita.

«Ti vuoi mettere con me?»

Non so che dire, non me l'aspettavo. Ma al tempo stesso era l'unica cosa che volevo. Rimango qualche secondo così, immobile davanti alle sue labbra, al suo sorriso. Poi, di colpo, lo prendo e lo bacio: ecco la mia risposta.

Dopo altri baci e altri interminabili sorrisi ci sediamo sulla spiaggia e gli do il mio piccolo regalo, la sorpresa che ho preparato con Alissa, e osservando la sua reazione resto colpita. È la prima volta che lo vedo commosso, così emozionato. Dopo che ha finito di leggere la lettera, restiamo entrambi in silenzio, io con gli occhi su di lui, lui con gli occhi sul mare, sulle onde che accompagnano i suoi pensieri. Poi sospira e li posa su di me, i suoi occhi lucidi e puliti. E sorride: «Cazzo, bimba, sei riuscita a farmi piangere...».

Come mi ha chiamata? Per un attimo il mio cuore, il mare, il mondo si ferma. Bimba: come se mi avesse guardato dentro, se avesse colto un aspetto di me che nessuno conosce, che in qualche modo nascondevo anche a me stessa. Non lo faccio apposta, cioè non mi trattengo proprio: lo prendo e lo abbraccio più forte che posso. Lo stringo, mi immergo nel suo abbraccio. E con il cuore che batte al ritmo delle onde lo costringo a ripetere quella parola per le ore successive, mentre continuo a tenermelo stretto.

16

È comparso dal nulla. Di colpo. In uno dei momenti più complicati della mia vita. È partito da perfetto sconosciuto ed è diventato il mio ragazzo.

E mi sembra ancora incredibile.

Ormai sono passate alcune settimane da quando ci siamo messi insieme e con Daniel non è cambiato niente. Nonostante cominci ad aprirsi, a mostrarmi chi è per davvero, è rimasto schivo e riservato, mentre io sono sempre lunatica, testarda e… possessiva. Anzi, forse è questa l'unica cosa che è cambiata, perché gelosa lo sono da sempre, guai a chi tocca Alissa e i miei amici, ma con lui è come se la gelosia si fosse moltiplicata per mille, e la sola idea che qualcuno possa portarmelo via, e con lui si porti via la bimba che mi ha fatto riscoprire, mi fa star male. Ma la cosa più bella è che tra noi c'è la stessa energia, la stessa attrazione del primo giorno, del primo incontro, del primo sguardo sull'autobus. Quell'emozione che semmai piano piano, giorno dopo giorno, è aumentata e ci lega sempre più.

Manuel dice che non mi ha mai visto così. Sostiene che i miei occhi sono diversi, che è diverso anche il modo in cui mi muovo. «Sembri in pace, sorellina» ripete, e forse ha ragione, forse non mi sono mai sentita così tranquilla e sicura, così felice.

Dato che ormai è una presenza costante ho dovuto parlarne a mamma. In realtà avrei evitato molto volentieri dato che la conosco e so come reagisce in questi casi, come sa diventare invadente ai limiti del molesto. Infatti ho cercato di scongiurare fino all'ultimo questo momento.

La prima volta l'ho presentato come un nuovo compagno di scuola, un amico di Manuel che aveva bisogno di inserirsi e per questo, per fare un favore al mio "fratellino", l'avevo invitato a studiare a casa nostra. La seconda le ho raccontato che avevo scoperto che era un mezzo genio in matematica e avevo bisogno del suo aiuto, poiché all'ultima verifica Garaffoni mi aveva messo un bel quattro e dovevo rimediare se non volevo il debito. La terza, la quarta, la quinta ho fatto finta di niente. Siamo entrati, abbiamo salutato e ci siamo chiusi in camera senza perdere tempo in giustificazioni.

Ma, alla fine, stanca anche delle sue insinuazioni buttate lì, ho dovuto ammetterlo: «Sì, mamma, è il mio ragazzo».

«Lo sapevo, cosa credi? Ero sicura fossi fidanzata!»

«Stiamo insieme, mamma.»

«E io cosa ho detto?»

«Che siamo fidanzati.»

Lei mi ha guardato come a dire: embè?

«Non mi piace, mi pare strano, troppo impegnativo.»

«Vabbè, chiamalo come vuoi, ma a questo punto non vedo l'ora di conoscerlo.»

«Ma l'hai già conosciuto!»

«Ho conosciuto un tuo compagno di scuola, non il tuo *ragazzo...*»

Alla fine il gran giorno è arrivato.

Il problema è che è stata lei a organizzare tutto. Cioè, fosse stato per me sarebbe stata sufficiente una stretta di mano, qualche chiacchiera veloce e arrivederci. Invece mi ha praticamente costretto a invitarlo a cena. «Una cosa leggera» ha promesso. «Giusto per fare due chiacchiere.»

E io, stupida, ho accettato. E adesso che bussa alla porta sono pentita come quella volta che ho accettato di farmi vestire da lei per andare a fare shopping e senza nemmeno rendermene conto sono diventata un confetto celeste.

Daniel indossa un jeans corto nero, una maglietta bianca e nera e il cappellino abbinato, e mi sembra ancora più figo del solito, e infatti vorrei subito saltargli al collo e sbaciucchiarlo come se non ci fosse un domani. Peccato che invece ci sia mamma, che è corsa alla porta insieme a me e mi sta appiccicata, praticamente sulle spalle.

«Piacere, sono Lea» dice scansandomi. E poco ci manca che allunghi il braccio per il baciamano. Come se poi non l'avesse mai visto. Solo che prima era un compagno di scuola, ora che è il mio ragazzo cambia tutto.

Ma proprio perché è il mio ragazzo per prima cosa me lo porto in camera. L'idea è prepararlo. Conosco mia madre, so quanto può essere impicciona. Deve essere pronto al peggio. Solo che appena ci chiudiamo la porta alle spalle mi viene una gran voglia di abbracciarlo fortissimo e non lasciarlo più, così lo prendo, lo stringo, lui mi bacia e…

«È prontooo!»

Mamma Lea: tempismo perfetto.

Devo ammetterlo: la tavola è una meraviglia. Candele, bicchieri colorati, piatti, piattini… mamma ha sfoderato il servizio della festa. Praticamente più che una cena sembra un matrimonio.

Lei è raggiante. Per la sua presenza e perché non vede l'ora di fargli assaggiare il mansaf, la sua ultima scoperta: un piatto di riso, carne e yogurt tipico del Medio Oriente, che dopo Messico e India è la sua nuova terra di conquista.

«È la prima volta che lo cucino e…» poi continua a parlare. Ma per me è come se di colpo il tempo si fosse fermato. E realizzo davvero in che razza di situazione sono finita. Al di là dei nostri alti e bassi, mamma è una persona in gamba, nel suo lavoro è super. Sul serio, è piena di talenti. È solare, intelligente, grintosa… Perciò non capisco perché tra tutti questi talenti si sia fissata sull'unico che le manca: la cucina.

Prima di servire la portata principale, in teoria l'unica, dice convinta: «Dovrebbe essere venuto bene, l'unico dubbio è il cardamomo, non c'è nella ricetta originale ma ho deciso di aggiungerlo perché penso dia quel tocco in più».

Daniel, che di cibo ci vivrebbe, sembra molto incuriosito, di sicuro è bendisposto. Mentre lei spiega la ricetta annuisce, consiglia, commenta con cose tipo:

«Interessante», «Sembra buonissimo», «Non vedo l'ora di assaggiarlo».

Finché il momento arriva. E lei, con un gran sorriso, si fa allungare il piatto e glielo riempie ben bene, e lui, con un sorriso altrettanto radioso, se lo fa riempire e poi ringrazia. Mentre io vorrei scomparire.

«Cos'è?» domanda Daniel dubbioso.

«Come *cos'è*?»

Un ammasso scuro e bruciacchiato, che non si capisce se è solido e liquido, con odore che stimola tutto tranne l'appetito.

«È il mansaf.»

E per la prima volta sulla faccia di Daniel compare una crepa, l'ombra del dubbio.

«Avanti, assaggia!» dice mamma, che non si lascia scoraggiare. «Voglio il parere di un esperto!»

Lui infila la forchetta in quel pappone marrone, se la porta al naso e corruga impercettibilmente le sopracciglia.

Ci siamo: la seconda crepa.

Dopodiché lo mette in bocca. Mastica. E strabuzza impercettibilmente gli occhi. Poi commenta: «Ha un sapore molto deciso…».

«Merito dello jamid» risponde mamma orgogliosa. «È una sorta di concentrato essiccato di latte e siero di capra che in Italia non si trova molto facilmente, ma Denise lo sa, quando si tratta di cucinare non mi faccio scoraggiare da niente!»

Lui accenna un sorriso e manda giù un altro boccone, mentre io, che sono esentata dall'assaggio per via di una pseudo-dieta pre-Hip Hop International che mi sono inventata, mastico soddisfatta la mia fettina di pollo. La cena prosegue così, con Daniel che tiene duro e forchettata dopo forchettata arriva alla fine del piatto senza quasi proferir parola, e mamma che conversa amabilmente, commentando pressoché a ogni assaggio: «Manca questo, avrei dovuto aggiungere quell'altro...». Il fatto è che lei è proprio come Marco con il pallone: entrambi ci credono, entrambi si applicano. Ma sarebbe meglio se facessero altro.

Per fortuna la cena prevede un piatto unico. Così, una volta che l'ha eroicamente terminato, posso prenderlo per mano e portarlo in camera, dove finalmente posso mostrargli... la mia riserva di patatine, snack e schifezze, che lui che me le ha sempre criticate manda giù al ritmo di una al secondo.

Però mamma su una cosa non sbaglia: Daniel è un ragazzo d'oro. Lo dice dopo che se n'è andato, prima di farmi un milione di domande alle quali ovviamente non rispondo, e io ne ho la conferma... ogni giorno. Proprio così: è speciale. È dolce, gentile e quando ci si mette fa morir da ridere, ama fare lo scemo e io lo amo da morire quando lo fa. È senza dubbio la cosa migliore che potessi avere, il regalo più bello che potessi ricevere per il mio diciassettesimo compleanno, che è ormai alle porte.

Il più brutto, invece, è opera di mio padre. E arriva così, dal niente, il giorno dopo la cena.

Sono appena arrivata in palestra, tempo di salutare Elena alla reception e raggiungere il resto dei Freefire che ricevo un sms. Suo. E devo dire che non si è sprecato. Non che mi aspettassi chissà cosa ma qualche parola in più non sarebbe stata sprecata. Uno "scusa". Un "tutto bene, stellina?", anche solo un "mi manchi".

Niente di tutto questo. Solo: *Cosa vuoi per regalo*?

Cioè c'ha messo mesi per scrivermi, per riprendere i contatti con sua figlia, e tutto quello che ha da dirmi è sapere cosa voglio per il mio compleanno?

Giuro, per un attimo mi sembra di impazzire, vorrei prendere il cellulare e spaccarlo per terra.

Invece non lascio che mi tocchi, che rovini anche questo momento.

Rispondo solo: *Un padre*. E poi cancello la conversazione.

In questo periodo non ho bisogno di niente. Soprattutto non ho bisogno di lui. Non è stato semplice ma ora che mi sono rimessa in sesto, che ho rimesso ordine nei pensieri e nelle emozioni non mi serve niente se non ciò che ho di già: Daniel. E la danza.

Ormai manca poco alla gara e ci stiamo allenando come matti. Proviamo praticamente un giorno sì e uno no, e tutti i weekend, e non ci risparmiamo mai una volta. Due ore, due ore e mezza… capita che entriamo in sala alle nove e usciamo alle undici e mezza di sera.

E sono prove pensanti, con Emanuele che ci fa ripetere le coreografie fin quando non ci muoviamo tutti insieme, sincronizzati come gli ingranaggi di un orologio. E quando torno a casa mi sento tipo un Cornetto sciolto al sole, e mi addormento appena sfioro il cuscino. Ma mi sento felice, soddisfatta. Viva.

17

Diciassette anni. Tanti? Pochi? Non ne ho idea. L'unica cosa che so è che non poteva esserci modo migliore per festeggiarli. E se lo dico io che di solito non amo le feste bisogna crederci. Cioè, non è che non amo le feste in generale, anzi mi piace molto andare a quelle degli altri: il problema sono le mie. Non so se sono nata con quest'avversione o è successo qualcosa che l'ha causata, ma di sicuro ce n'è una, di festa, che mi ha lasciato il segno. Era il giorno del mio ottavo compleanno e dopo scuola Tiziana, la mamma di Alissa, ci aveva portato a mangiare fuori. Poi, verso le quattro, mi aveva accompagnato a casa e... *sorpresa*! La sala era piena di palloncini colorati e i miei compagni erano sbucati da tutte le parti, da dietro il davano, da sotto il tavolo... E in fondo alla sala, sorridente, c'era mia mamma, mentre papà... ci aveva raggiunto una ventina di minuti dopo, quando l'effetto sorpresa era abbondantemente svanito. Mamma aveva fatto buon viso a cattivo gioco, poi, quando era andata in cucina per prendere la torta, gli aveva chiesto di accompagnarla ed era esplosa: le grida si erano sentite fino alla sala. Io, in fondo, ero abituata, il problema erano i miei compagni che di colpo avevano smesso di giocare e far chiasso, e si erano bloccati come soldatini sull'attenti.

Ecco, quello è stato il momento in cui ho giurato a me stessa che non avrei più festeggiato un compleanno, e da allora ogni volta che mamma mi proponeva di organizzare qualcosa glissavo, sviavo, abbassavo le pretese per il panico di rivivere un'esperienza del genere. Negli ultimi anni la situazione è migliorata, ma evito comunque di fare grandi cose, giusto un gelato o la classica pizzata con gli amici più stretti e per finire un salto al Muretto, che è il posto perfetto in ogni occasione.

Invece stavolta mi sono fatta convincere dai Fantastici e ho deciso di festeggiare i miei diciassette anni al Colosseo, nello spiazzo che c'è lì accanto, giusto un paio di panchine di marmo ai piedi del monumento simbolo della mia amata città. A dire il vero non so neppure se si potrebbe, ma non importa: una volta che decido di organizzare una piccola festa vuoi che la polizia non trovi niente di meglio da fare che rovinarmela?

Ci siamo tutti: i Fantastici, Alissa, alcuni compagni di scuola, i Freefire… E tutti hanno portato qualcosa, ciascuno il suo. Manuel ha pensato al bere, due borse frigo piene di bibite e qualche birra, Checco ha portato Fonzies, popcorn e altre prelibatezze, Marco… un pallone, perché «non si sa mai», mentre Alissa ha portato un carico industriale di muffin preparati dalla madre. Alla colonna sonora ci pensa Chicco, che è il deejay ufficiale del gruppo, anche perché prima della fase videogame e fumetti è passato attraverso quella musicale, ore e ore a smanettare davanti al computer e un archivio da far invidia a Martin Garrix.

E mentre sono lì che passo da un gruppetto all'altro mi sento libera e finalmente leggera come un'ape che svolazza da un fiore all'altro, anzi come l'ape regina visto che finalmente, con un po' di ritardo, vedo arrivare il mio re.

Non resisto. Mollo Manuel, che intanto sta facendo lo stupido per attirare l'attenzione delle ragazze presenti, e gli vado incontro. Lo abbraccio, lo bacio, poi lo guardo negli occhi e lui mi sorride, passandomi una grande busta di carta con dentro due pacchetti: «Auguri, bimba».

Muoio dalla curiosità, ma non è ancora il momento di scartare i regali, abbiamo deciso di aspettare almeno la mezzanotte. Così, intanto, mi accontento di lui.

Prima di tornare dagli altri ce ne stiamo un po' lì, ai piedi del Colosseo, illuminato da mille luci che lo rendono ancora più maestoso e bello.

«A volte penso a come sarebbe stato vivere in quegli anni, a cosa sarei stata...»

«Tu? Una vestale, che domande!»

«Scemo» dico dandogli un pugno sul braccio. «E tu? Chi saresti voluto essere?»

«Non ho dubbi: il cuoco dell'imperatore!»

«Cuoco...?» commento un po' delusa. «Cioè saresti potuto essere un soldato, un gladiatore, magari l'imperatore stesso, e invece avresti voluto essere un cuoco?»

«Sì, ma il cuoco dell'imperatore o al massimo di qualche ricco senatore» precisa sotto una luna così gialla che sembra una torta al limone. «Immagina che ingredienti incredibili avrei avuto a disposizione. E poi, viaggiando al suo seguito, chissà quali sapori avrei potuto scoprire: il miele dei greci, il grano dei celti e...» aggiunge con un'espressione buffa che mi fa ridere prima ancora che concluda «il mansaf giordano, giusto per capire se c'entra qualcosa con la ricetta di tua madre!»

Quando raggiungiamo il resto del gruppo si capisce subito che la festa è entrata nel vivo. Se la borsa frigo con le bibite è ancora mezza piena, quella con le birre è praticamente finita. E lì accanto ci sono alcuni sacchetti dai quali sbucano bottiglie di ogni tipo. Il volume delle voci è salito, come quello delle casse. E mentre Marco e altri ragazzi si mettono a palleggiare, rischiando ogni volta di buttare la palla in mezzo alla strada, e Checco coglie l'occasione per sfilarsi la maglietta e fare qualche numero dei suoi, proprio in quel momento, pallido e dinoccolato come sempre, compare Tony, che per l'occasione non indossa una delle solite magliette con qualche strana citazione ma un'improbabile camicia magenta di tipo cinque taglie più grande.

Alissa, quando lo vede, si illumina, poi lo prende per mano e raggiante come non l'ho mai vista lo porta a presentarsi a *tutti*, e lui l'asseconda rassegnato anche quando un tizio che non conosco, il classico amico di un amico che nessuno sa chi sia, comincia a offrirgli uno shottino dopo l'altro nonostante si veda benissimo che non è il tipo e se lo fa, se manda giù un sorso dopo l'altro, è solo perché è in imbarazzo e non vuole fare brutta figura, cosa che mi fa imbestialire al punto che sarei pronta a strappargli la bottiglia dalle mani e rovesciargliela in testa, se non fosse che all'improvviso dietro l'angolo compare il riflesso azzurro di una sirena.

È ancora lontana, ma non abbiamo tempo: in dieci secondi non c'è più nessuno, nessuna traccia della nostra presenza, neppure una carta o una lattina. Così la macchina della Polizia Municipale passa lenta ma senza fermarsi e le luci scompaiono dietro al Colosseo. E con la stessa velocità con cui eravamo scomparsi… lasciamo i nascondigli di fortuna – siepi, alberi e gradoni – e riprendiamo da dove avevamo lasciato. Anche perché ormai manca davvero poco alla mezzanotte.

«Tieni, sorellina» arriva Manuel, che mi piazza la bottiglia di prosecco tra le mani. Chicco riaccende le casse e mentre io comincio a togliere la carta d'argento e la gabbietta metallica del tappo gli altri partono con il conto alla rovescia: «… tre, due, uno: auguriii!».

Il tappo vola. Volano i baci, gli abbracci, i sorrisi.

Vola lo spumante. Volano le emozioni, vola finalmente la mia felicità.

Per i primi dieci minuti non faccio che ridere, baciare e ringraziare chiunque mi capiti sotto mano. Poi ne passo altrettanti ad aprire i regali, che sono molti di più e molto più belli di quanto mi aspettassi: Manuel mi ha regalato gli AirPods, Checco, Chicco e Marco l'ultima tuta della Nike uscita, nera e fucsia, Alissa e Tony le Air Force con il baffo fucsia proprio come la tuta, poi trucchi, magliette… Quello di Daniel, ovviamente, lo tengo per ultimo. In realtà sono due pacchetti, ma lui mi dice di tenerne uno per domani e di aprire il più piccolo, una busta anonima e stropicciata che però contiene il regalo più bello del mondo: due biglietti per Valencia, tre giorni in Spagna solo lui e io. Per la felicità non so se piangere o ridere, così gli salto in braccio e mentre lo riempio di baci ripeto: «Grazie» all'infinito.

«Ho un'idea!» dico una volta che mi sono ripresa, con le labbra che sanno ancora di spumante e sorrisi. «Facciamo una foto tutti insieme! Mettetevi in posa, dai!»

E mentre i miei amici si comportano come se avessero dieci anni e si spostano, si spintonano e fanno di tutto tranne che mettersi in posa recupero il telefono e prima di andare sulla fotocamera mi rendo conto che sono passati pochi minuti dalla mezzanotte ma ci sono già una marea di notifiche. L'occhio mi cade sulla prima chiamata persa, anche se sono sicura: sarà di mamma. È sempre così, ogni anno: a mezzanotte precisa, al massimo a mezzanotte e un minuto ricevo la sua telefonata. Così scorro la lista e… perdo un respiro: tra tutte le chiamate la prima, a mezzanotte esatta, è di mio padre.

Sbianco. Non so se da fuori si vede, ma dentro è proprio quello che provo. Come quando al luna-park fai quel gioco che ti porta in alto seduto su una specie di sgabello e poi ti fa precipitare in verticale verso il basso.

Così fa il mio umore. Dalla felicità alla tristezza in un secondo. Solo che invece dello stomaco mi finisce il cuore in gola, togliendomi il respiro.

Per quel secondo mi tremano le mani, non capisco niente.

Poi sento le voci, gli amici che mi chiamano: «Allora Denise, ti sei addormentata?», ed è come la sveglia dopo un brutto sogno: sai che il peggio è passato, che ora hai solo luce davanti ai tuoi occhi eppure fai fatica a metterla a fuoco.

Do un'ultima occhiata al display, poi vado sulla camera, chiedo a un passante di fotografarci e mentre lui scatta cerco di sorridere, di tornare al mio momento felice.

18

Non sono passate neppure ventiquattr'ore e siamo di nuovo insieme. Ma in versione ridotta. *Pocos pero buenos*, come dicono in spagnolo. Nel senso che se ieri c'eravamo tutti, oggi ci sono tutti quelli di cui ho davvero bisogno. Un po' come quando da bambina sei in spiaggia e passi la sabbia al setaccio e tra tutti i sassolini trovi delle gemme di vetro liscio, il tuo tesoro, in questo caso Alissa, Manuel e Daniel.

Fosse per me, saremmo potuti benissimo andare da Mc: presente le feste di compleanno con l'animatore e i festoni? Ecco, ne avrei anche fatto a meno: solo Crispy e patatine a volontà.

Ma primo, Daniel mi avrebbe strozzato, secondo e ancor più importante, non sarebbe stato abbastanza per il vestito che indosso, un tubino stretto oro e nero che proprio lui mi ha regalato.

L'avevo visto qualche giorno fa mentre facevamo un giro in via del Corso e me n'ero innamorata all'istante, poi l'occhio m'era caduto sul cartellino e molto a malincuore ero stata costretta a disinnamorarmene. Finché stamattina apro il suo secondo regalo e me lo trovo lì insieme a una confezione di cioccolato bianco preso nella solita pasticceria. Da restare letteralmente senza parole.

Così, alla fine ho lasciato che fosse lui a decidere dove cenare e ha optato per una trattoria storica nel Ghetto, un posticino vintage e accogliente con una cacio e pepe e dei carciofi alla giudia «da commozione», secondo la sua definizione. E non ci poteva essere modo migliore per riscattare la serata di ieri, che è stata bellissima ma si è conclusa con l'eco della chiamata di papà tra i miei pensieri. Prima di addormentarmi continuavo a chiedermi: avrei dovuto richiamarlo? E poi? La realtà è che mi avrebbe solo fatto male, che avrebbe potuto dirmi chissà quali belle parole ma sentire la sua voce mi averebbe comunque destabilizzato. E non era giusto, non lo meritavo, soprattutto non ieri. Che poi è facile svegliarsi un bel giorno e dirsi: «Cià, dai, chiamo mia figlia che non sento da mesi per farle gli auguri», così, come se niente fosse. Senza pensare che magari la faresti soffrire, senza preoccuparti che quel compleanno potresti rovinarglielo come hai già fatto in passato.

Per fortuna stamattina mi sono svegliata senza eco, semplicemente felice. E questo anche grazie a mamma Lea, che nonostante fosse quasi l'ora di pranzo mi ha fatto trovare la mia colazione preferita: latte macchiato, succo di pera, cornetto alla Nutella e una piccola ciambella piena di zucchero, per fortuna non cucinati da lei ma comprati nella pasticceria sotto casa.

Essendo domenica, me la sono presa comoda, un po' come quando ero bambina. Ho trascorso il pomeriggio in tuta e maglietta davanti alla tv, a leggere e rispondere ai messaggi di auguri e dormicchiare. Senza compiti. Senza ballare. Una piccola pausa che fa bene alla testa ma anche al corpo, soprattutto in questo periodo che è parecchio sotto pressione.

Poi mi sono fatta una doccia, ho indossato il tubino e ho raggiunto gli altri in trattoria. E ora che sono qui con Alissa che si lamenta del poco tempo che la piscina le lascia per stare insieme a Tony, con Manuel che non smette di provocarla e Daniel che mi guarda come se fossi la ragazza più bella del mondo penso che non vorrei niente di più e di diverso. Che se un alieno arrivasse dallo Spazio e chiedesse: «Cos'è la felicità?» dovrebbero portarlo qui, ora, a questo tavolo, in questa trattoria, in questo angolo di mondo, in questo angolo di cuore.

Almeno finché, poco prima del dolce – una torta al cioccolato bianco rigorosamente fatta in casa – s'illumina il display del cellulare, che ho appoggiato accanto al bicchiere. Lo prendo e ci butto un occhio distratto e proprio come ieri… *bum*, il mio cuore sussulta: è di nuovo papà.

Non so che fare.

Alissa continua a parlare e Manuel a prenderla in giro, io rido con loro, eppure non li sento.

Sento solo il telefono che vibra nella mano e mio padre che insiste.

E alla fine cedo.

«Scusate» sorrido e, scostata la sedia, mi dirigo all'uscita.

Sono scossa, emozionata e ho ancora le lacrime agli occhi. Ma sono stata fuori dieci minuti, gli altri si staranno chiedendo che succede, è il momento di rientrare.

«Scusate», faccio finta di niente riprendendo il mio posto. E loro lo stesso, anche se ho la netta sensazione che abbiano capito, e continuano a parlare come se nulla fosse, nessuno mi chiede con chi sono stata al telefono per tutto 'sto tempo, perché sono rientrata con gli occhi rossi o se c'è qualche problema. Anche per questo sono miei amici, anche per questo li adoro.

«Sei tornata giusto in tempo per sentire com'è andata a finire con Tony ieri sera» è Manuel a rompere il ghiaccio. «Presente il tipo che faceva lo splendido e continuava a offrirgli da bere?»

«Sì, certo», anche perché se non fosse stato per la Municipale gli avrei davvero rovesciato la bottiglia in testa, bulletto da tre piotte che era.

«Be', è finita che lui ha vomitato l'anima. E indovina chi gli reggeva la testa? Già, il nostro Tony» dice rivolto ad Alissa, che annuisce orgogliosa.

«L'ho sentito prima di venire, mi ha detto che stamattina il tipo gli ha mandato un messaggio per ringraziarlo e…» racconta lei, continuando una conversazione che non riesco a seguire.

Loro parlano, ridono. Io li sento ma è come se non ci fossi. E quando arriva la torta e mi cantano *Tanti auguri* vorrei solo essere a casa, nascosta sul mio terrazzino.

«Ehi» dice prendendomi il viso tra le mani, «vuoi dirmi che succede?»

C'ha provato fino all'ultimo, ma alla fine non ha resistito. D'altra parte mi vuole bene, è normale che si accorga se qualcosa non va. E in fondo è bello che si preoccupi per me.

Solo che non mi andava, non volevo appesantire la nostra storia, buttargli addosso i miei problemi. Insomma, il vecchio vizio di tener tutto dentro.

Ma è inutile nascondersi con chi sa leggere nei tuoi occhi, fingere con chi sa chi realmente sei. Così, quando ormai siamo sotto casa mia, confesso. Gli racconto di mio padre, del fatto che la cosa che mi rende più triste è che è stata una bella telefonata. Che mi ha detto esattamente quello che avrei voluto sentirmi dire. Peccato che sia arrivata fuori tempo massimo, che avrebbe dovuto farlo molto prima. Perché ora mi sembra strano, scorretto. Perché da quando abbiamo litigato sono passati giorni, settimane, mesi, e in questo tempo le emozioni sono cresciute, cambiate, quelle nei suoi confronti si sono anestetizzate, come i cerchi nell'acqua quando ci lanci un sasso, sempre più piccoli fino a scomparire. Perché ho paura che sia troppo tardi, che siamo andati troppo lontano per ritrovarci.

Non è la prima volta che gli parlo di papà. Daniel conosce la storia, sa com'è andata. Ed è sempre stato rispettoso e riservato e al tempo stesso disponibile, e non so quante volte mi ha ripetuto che se un giorno volessi farci pace o anche solo parlarci mi accompagnerebbe, che starebbe al mio fianco. «No, no» gli ho ripetuto e ripeto anche ora. «Va bene così, ormai me ne sono fatta una ragione.»

E va bene davvero, penso mentre mi abbraccia, mentre lo sento stringere forte. Quando sento il suo cuore battere con il mio.

19

Da quando ci siamo sentiti al telefono sono passate un paio di settimane.

In questo tempo ci siamo scritti qualche messaggio – *Come stai? Cosa fai?* – qualche raccomandazione, cose così, il classico scambio tra padre e figlia. Eppure non ci siamo ancora visti, e dubito succederà prossimamente.

Lui è sempre preso dai suoi impegni come direttore di sala nel ristorante dove lavora ormai da una decina d'anni. Io sono sempre più presa con la danza, visto che ormai ci siamo, la finale a Milano è davvero dietro l'angolo e la pressione cresce giorno dopo giorno. Come la tensione e la stanchezza. Stiamo davvero mettendoci il cuore. Ogni pomeriggio in sala, a provare e riprovare fino allo sfinimento.

In più c'è la scuola, le interrogazioni di fine anno,

con il prof Garaffoni che si è messo in testa di rendermi la vita impossibile, come se non lo fosse già di suo.

Anche per questo stasera sono molto felice, perché dopo tanto che non ci vedevamo ci siamo ritrovati al Muretto e abbiamo trascorso un pomeriggio a fare quello che ci riesce meglio: stare semplicemente insieme. A ridere, a scherzare, a dimenticarci per un attimo di tutte le tensioni di questo periodo e a fantasticare sulle vacanze che stanno per cominciare. Ibiza, Gallipoli, Alba Adriatica... non sappiamo ancora cosa faremo, se lo faremo insieme o saremo ostaggio dalle nostre famiglie, dipende dai corsi e da mille variabili. L'unica certezza resta il Muretto, che è aperto trecentosessantacinque giorno all'anno, ventiquattr'ore su ventiquattro, estate compresa.

È capitato tante volte che durante le vacanze rimanessi o trascorressi qualche giorno a Roma e la cosa più bella era aspettare che il sole calasse e il caldo desse tregua, uscire di casa vestiti con la prima cosa trovata nell'armadio e ritrovarci lì, tutti o anche solo in due, a goderci il silenzio, la quiete e quello strano senso di straniamento che in quel periodo la città regala.

Quello stesso sentimento che sto provando ora che cammino verso casa insieme a Daniel, che è passato al Muretto a recuperarmi.

Roma è talmente bella e antica che non teme l'estate. È sempre lì, sempre pronta a offrirsi, a regalare la sua bellezza. E quando i romani cominciano ad abbandonarla per andarsene al mare resta comunque piena di amanti e corteggiatori, tutti quei turisti che vedi spuntare a ogni angolo della strada, qui a Trastevere come più o meno ovunque.

Ma ci sono comunque dei momenti in cui si scopre, come una donna che è sempre truccata e poi si mostra al naturale. E ti sembra ancora più bella. Dietro ai grandi monumenti, ai resti archeologici e alle mete più turistiche c'è la Roma di ogni giorno, la Roma non della *Dolce vita* o di *Vacanze romane*, ma comunque in bianco e nero. Meno maestosa, meno rumorosa. Più lenta, più nostra. Quella Roma attraverso la quale Daniel e io stiamo camminando in questa calda serata di inizio giugno.

Lasciamo Trastevere, passiamo per piazza Venezia e poi davanti alle chiese di piazza del Popolo, sulle cui facciate il sole sta tramontando. O forse non è il sole ma la luce che emana Daniel, che raramente ho visto così raggiante.

Il fatto è che è felice, semplicemente. Il motivo? Anche se non sono ancora giunti a un accordo, ha cominciato a discutere con i suoi: non sa se gli permetteranno di continuare lo stage al ristorante, se lo costringeranno a sorbirsi l'ennesimo provino, ma intanto qualcosa si è mosso, hanno rotto il ghiaccio, e dopo tanto silenzio e tanti segreti è già qualcosa. E ieri, per festeggiare, ha preparato una cena che ha lasciato tutti a bocca aperta, compreso nonno Alberto, che continuava a ripetere: «Questa volta ti sei superato...».

Sono felice per lui, se lo merita per mille motivi. Per quanto si è impegnato, per la passione che ci mette, per il talento che finalmente può esprimere non solo nel calcio, ma in qualcosa che ama.

Sono felice, eppure non riesco a esserlo al cento per cento.

La realtà è che ho la testa altrove, alla gara di Milano, al fatto che c'è un passo che non riesco a fare. E non è un passo qualsiasi, ma quello in cui sono protagonista. Una "squadra". Per quanto mi sia allenata ed Emanuele mi abbia dato un'infinità di consigli continuo a sbagliarlo. Magari è un errore da poco, quasi impercettibile, ma per vincere l'Hip Hop International bisogna essere perfetti. E io voglio esserlo di mio, sono una perfezionista per natura.

Emanuele dice che è una questione di testa, che ormai mi sono fissata e più ci penso più rischio di sbagliare. «Esercitati. Prova. Ma ricorda che la danza è movimento, è energia, e il movimento e l'energia non sono mai rigidi né fini a se stessi. Non fissarti sul singolo passaggio. Come nella vita: niente è per sé, tutto è connesso. Quel passo e il resto della coreografia. Tu e la crew. Ciò che fate sul palco e ciò che il pubblico prova in platea. È una questione di energia, di empatia. Devi solo trovare la leggerezza, il piacere di ballare. Il sacrificio ma soprattutto l'allegria.»

Ed è quando mi torna in mente questa parola, "allegria", che ho un'illuminazione.

«Ti va di salire?» chiedo a Daniel quando ormai siamo sotto casa.

«Ma...» dice preso in contropiede. «Non c'è tua madre?»

Non so cosa si aspetta, anzi mi sa proprio che ha frainteso. Però non importa. E una volta in camera comincio a spogliarmi, prima il giacchino, poi le scarpe... e intanto metto un po' di musica per creare l'atmosfera: «Sei pronto?».

Lui non perde tempo e fa per togliersi la maglietta, ma lo fermo, completando la frase: «Sei pronto a ballare?».

Allora si irrigidisce e con metà maglietta alzata balbetta: «In che senso...?».

«In che senso? Ballare, hai presente? Muoversi a tempo sulla musica? Ti dice niente?»

«No, sì... Solo che credevo...» La delusione nei suoi occhi è accecante. Mi fa tenerezza. E lo trovo molto buffo. Perciò mi avvicino, gli do un bacio sulle labbra e trattenendo la risata dico: «Avanti, fammi vedere che sai fare».

Daniel ci prova, o almeno credo. Ma anche se rimanesse fermo il risultato non sarebbe molto diverso. Anzi, forse sarebbe migliore. Diciamo la verità: tanto è bravo con il pallone ed elegante quando cucina quanto è negato a ballare. Cioè, è rigido come una trave. È scoordinato. Fuori tempo. Un tronco, insomma. E ogni volta che proviamo il passo cadiamo sul letto, finiamo a terra, mi ritrovo a testa in giù. E ogni volta rido, rido e rido fino alla lacrime.

E mentre Macchia e Mirtillo ci osservano perplessi mi auguro che Emanuele abbia ragione. Che la danza sia allegria. Perché allora in questo momento sarei la ballerina più brava del mondo.

20

Milano non esiste. Di sicuro non nei miei pensieri. Non è questione di "Roma è meglio" o "per me c'è solo Roma", né del fatto che sia solo moda, nebbia, happy-hour e tutte le parole con cui ce la raccontano, un po' come se Roma fosse solo il Colosseo, i centurioni e piazza di Spagna e non un posto vivo, fatto di persone in carne e ossa e delle loro storie. È solo che in questo momento nella mia testa non c'è spazio che per la gara, per il gran giorno che finalmente sta per arrivare. Perciò Milano non esiste perché è solo un passaggio, il punto di partenza per volare a Los Angeles, verso il nostro sogno.

E se Milano esiste, di sicuro non abbiamo avuto modo di vederla. Siamo arrivati in treno questo pomeriggio, il tempo di sbucare sul grande piazzale della stazione, con la Centrale alle nostre spalle e davanti una lunga strada incorniciata da grattacieli e un cielo azzurro come nei disegni dei bambini, e ci siamo infilati in un pulmino che ci ha portato direttamente in albergo. Abbiamo fatto una doccia, cenato e poi siamo tornati subito nelle nostre camere. E ora che sono qui nel letto non riesco a chiudere occhio, e appena lo faccio vedo la scena, lo stage, il risultato di tutti questi mesi di prove, di tutto il sudore e la speranza che abbiamo accumulato.

Dopo quella che scopro essere stata una notte agitata per tutta la crew, il solito pulmino passa a recuperarci e ci scarica di fronte all'Alcatraz, un locale famoso per i concerti che oggi ospita le finali dell'Hip Hop International. Oltre a noi c'è un gran viavai di ballerini, tecnici, spettatori… È come se entrassimo in una specie di bolla, una vibra che quasi senti, come se fosse fisica, materiale, come se il sogno cominciasse davvero a essere reale. Una volta nel backstage, ci vestiamo, trucchiamo e ripassiamo la coreografia prima che Emanuele ci raduni tutti intorno a lui e ci faccia un discorso da pelle d'oca, di quelli che ti fanno dire: "Ok, ci siamo, spacchiamo il mondo".

Nel mentre, sul palco continuano le esibizioni. Non so quante crew ci siano in totale, non so neppure chi siano né a dire il vero m'interessa. Ciò che conta siamo noi, i Freefire. Il nostro obiettivo, il mio sogno. Ancora uno step e ci siamo: Los Angeles, la possibilità di studiare in America, di entrare nella Royal Family. Ci tengo da morire, sento che è davvero la più grande occasione della mia vita.

Intanto mi guardo intorno. I miei compagni, la loro emozione e al tempo stesso la concentrazione. Tutti con la tuta rossa, le superstar ai piedi e la bandana nera in testa, per i ragazzi una semplice maglietta bianca e per noi ragazze una fascia dello stesso colore. Rivedo mentalmente la nostra esibizione: quattro minuti, tre canzoni, tre stili. Mi dico che abbiamo tutto ciò che serve per colpire chi guarda.

Daniel mi ha scritto stamattina. Si è svegliato all'alba e dovrebbe arrivare in tempo per l'esibizione, probabilmente è già qui. Non lo so e non lo voglio sapere, tengo il telefono spento perché ho bisogno di isolarmi, di trovare la concentrazione. Eppure dentro di me sono molto felice che ci sia. Ormai ho imparato a contare su di lui, a trovare in lui la mia forza. Ho capito che ho bisogno del suo sorriso e della tranquillità che sa regalarmi con uno sguardo, specie quando sto per affrontare qualcosa di grande. E poi mi ha parlato di una sorpresa, una cosa speciale che mi lascerà a bocca aperta. *Oggi sarai la ragazza più felice del mondo*, ha scritto. *Spaccherai per te e non solo.*

Ovviamente muoio dalla curiosità, ma cerco di restare concentrata. Così cammino avanti e indietro, sciolgo i muscoli del collo, provo e riprovo mentalmente i passi e ascolto Emanuele che mi guarda negli occhi e dice solo: «Balla Denise, non pensare».

Infine arriva il nostro turno. Una ragazza dello staff ci chiama e dice: «Freefire, tocca a voi», e pochi istanti dopo ci troviamo sul palco.

Il pubblico, una distesa di persone che guardo appena, urla, fischia e applaude mentre, accompagnati dalle luci, ci disponiamo ai nostri posti. Poi cala un gran silenzio. E io respiro piano, cercando di isolarmi. Eppure non resisto. Prima sbircio sotto al palco verso i giudici, professionisti pronti a notare ogni minimo dettaglio. Poi di lato, verso Emanuele, che ci osserva con lo stesso sguardo con cui mamma Lea attende che assaggi un piatto appena cucinato: orgoglioso, emozionato, pieno di fiducia. Infine guardo avanti, verso il pubblico, verso… Daniel! È vicino, praticamente in prima fila. Accanto a lui un posto vuoto: si vede che la sorpresa si fa aspettare, non facendo che aumentare la mia curiosità.

Intanto qualcuno fischia dal fondo della sala, qualcuno tossisce.

Io chiudo gli occhi, inspiro.

Balla Denise, non pensare.

Poi partono le luci, la musica, il nome della crew scritto in caratteri cubitali alle nostre spalle. E partiamo noi. Forte, bene. Io sorrido, e non è un sorriso di posa, di scena: mi sento viva, felice, centrata, ballare mi serve anche a quello. Ora che sono qui sul palco insieme alla mia crew mi scordo di Los Angeles, della competizione, mi scordo di tutto: ballando sento solo me stessa.

Finché ci siamo: è il mio momento.

Faccio due passi in avanti, metto il cappello da pescatore nero e bianco e guadagno il centro del palco mentre i miei compagni si dispongono intorno, a parte uno. D'istinto alzo lo sguardo, cerco Daniel: è il passo a due che ho provato con lui, glielo devo.

Invece gli occhi mi cadono sul posto vuoto al suo fianco. Non lo faccio apposta, è più forte di me. Ho provato a nascondermelo, ma dentro di me ero sicura, me lo sentivo, poi bastava collegare le parole di Daniel per capire cos'era la sorpresa, *chi* era: papà, l'unica persona che mi avrebbe spinto a dare ancora di più, a metterci ancora più anima.

Invece non c'è, il posto continua a essere vuoto e velocemente lo sta diventando anche il mio cuore, di nuovo.

Così perdo il tempo, perdo la concentrazione. Per un attimo è come se il mondo si fermasse, se l'Alcatraz svanisse e restasse solo quel posto vuoto.

Ma poi sbatto gli occhi e mi riprendo, mi dico che devo dare il massimo per me senza pensare a nessun altro. Che me lo merito, che me lo devo. Poi incrocio lo sguardo di Daniel: sorride. Allora sorrido anch'io, e ricomincio a ballare. È il passo più difficile della coreografia e lo affronto bene, decisa, convinta. Con il cuore che batte a tempo con il suo.

Poi è tutto confuso.

Le luci che si spengono e si riaccendono. Gli applausi e le urla della sala. Gli abbracci tra di noi una volta scesi dal palco. Emanuele che perde l'aplomb e mi urla nell'orecchio: «Sei stata perfetta!». Daniel, che non so come è riuscito ad arrivare qua dietro, mi prende in braccio e mi ripete che è orgoglioso di me. E io in lacrime lo bacio e lo stringo forte, mentre i miei compagni continuano a urlare e saltare dalla felicità. La felicità, il sogno che quest'attimo duri per sempre.

Purtroppo però il mio cuore ha un battito in sospeso: lui non era lì, non è venuto, non c'era nemmeno stavolta, anche stavolta se n'è fregato di me. È un pensiero che mi piega, come un pugno nella pancia che ti toglie il fiato. Lascio la mano a Daniel e corro fuori sfilando a testa bassa tra tecnici e altre crew, finché non mi accascio in disparte e scoppio in un pianto infinito, un misto di rabbia, delusione e dolore. Ma poi avverto una presenza che si siede al mio fianco. Che mi prende per un braccio, che mi gira. I miei occhi non sanno se crederci o se è frutto della mia immaginazione, ma poi realizzo, è reale, è lui… papà.

Finito di stampare nel mese di agosto 2020
presso Grafica Veneta – via Malcanton, 2 – Trebaseleghe (PD)

Printed in Italy